biblioteca borges

coordenação editorial
davi arrigucci jr.
heloisa jahn
jorge schwartz
maria emília bender

nova antologia pessoal

jorge luis borges

tradução

davi arrigucci jr.

heloisa jahn

josely vianna baptista

Companhia Das Letras

grafia atualizada segundo o acordo ortográfico da língua portuguesa de 1990, que entrou em vigor no brasil em 2009.

título original
nueva antología personal

capa e projeto gráfico
warrakloureiro

foto página 1
© ferdinando scianna/ magnum photos/ latinstock

revisão
jane pessoa
ana maria barbosa

Dados Internacionais de Catalogação na Publicação (CIP)
(Câmara Brasileira do Livro, SP, Brasil)

Borges, Jorge Luis, 1899-1986.
Nova antologia pessoal / Jorge Luis Borges; tradução Davi Arrigucci Jr., Heloisa Jahn, Josely Vianna Baptista. — 1ª ed. São Paulo : Companhia das Letras, 2013.

Título original: Nueva antología personal.
ISBN 978-85-359-2242-4

1. Poesia argentina I. Título.

13-02723 CDD-ar861

Índice para catálogo sistemático:
1. Poesia : Literatura argentina ar861

[2013]

EDITORA SCHWARCZ S.A.
rua Bandeira Paulista, 702, cj. 32
04532-002 – São Paulo – SP
telefone: (11) 3707-3500
fax: (11) 3707-3501
www.companhiadasletras.com.br
www.blogdacompanhia.com.br

poesia

prosas

relatos

ensaios

poemas em espanhol

Todo presente verdadeiro é recíproco. Deus, de Quem recebemos o mundo, recebe de Suas criaturas o mundo. O que é uma dedicatória, o que é esta página? Não é o dom dessa coisa entre as coisas, um livro, nem dos caracteres que o compõem; é, de alguma maneira mágica, o dom do inacessível tempo em que foi escrito e, o que sem dúvida não é menos íntimo, do amanhã e do hoje. Só podemos dar o amor, do qual todas as outras coisas são símbolos. Elsa, é seu o livro. Para que acrescentar palavras vãs e laboriosas ao que nós dois sentimos?

J. L. B.

Buenos Aires, 13 de junho de 1968

prólogo

O Hindustão atribui seus grandes livros ao esforço de comunidades, a personagens dos próprios livros, a deuses, a heróis ou, simplesmente, ao Tempo. Tais atribuições são, é claro, meras evasões ou brincadeiras; a última não. Ninguém tem condições de compilar uma antologia que seja muito mais que um museu de "simpatias e diferenças", mas o Tempo acaba editando antologias admiráveis. O que um homem não consegue fazer, as gerações fazem. Os infólios de Calderón deixam de aborrecer-nos e perduram os límpidos tercetos do Anônimo Sevilhano; nove ou dez páginas de Coleridge apagam a gloriosa obra de Byron (e o resto da obra de Coleridge). Não existe antologia cronológica que não comece bem e não acabe mal; o Tempo compilou o princípio e o doutor Menéndez y Pelayo o fim.

Em breve o total de meus anos será setenta. O Tempo, cuja perspicácia crítica ponderei, insiste em recordar dois textos que me desagradam por sua fatuidade laboriosa: "Fundação mítica de Buenos Aires" e "Homem da Esquina Rosada". Se os incluí aqui, é porque o leitor espera encontrá-los. Quem sabe que virtude obscura haverá neles. Evidentemente, prefiro ser julgado por "Limites", "A intrusa", "O golem" ou "Junín".

Tenho a impressão de que um autor deve intervir o menos possível na elaboração de sua obra. Deve procurar ser um amanuense do Espírito ou da Musa (as duas palavras são sinônimas), não das próprias opiniões, que são o que ele tem de mais superficial. Assim o entendeu Rudyard Kipling, o mais ilustre dos escritores comprometidos. Um escritor — disse-nos — tem o poder de inventar uma fábula, mas não a moral dessa fábula.

Espero que as páginas que escolhi prossigam seu intrincado destino na consciência do leitor. Nelas estão meus temas habituais: a perplexidade metafísica, os mortos que perduram em mim, a germanística, a linguagem, a pátria, a fortuna paradoxal dos poetas.

J. L. B.
Buenos Aires, 1967

poesia

a noite em que no sul o velaram

para Letizia Álvarez de Toledo

Pelo passamento de alguém
— mistério cujo desconhecido nome possuo e cuja realidade
não abarcamos —
há até o alvorecer uma casa aberta no Sul,
uma casa ignorada que não estou destinado a rever,
mas que me espera esta noite
com tresnoitada luz nas altas horas do sono,
consumida por noites em claro, diferente,
minuciosa de realidade.

Para sua vigília que gravita em morte caminho
por ruas elementares como lembranças,
pelo tempo exuberante da noite,
sem outra vida audível
que não os vadios do bairro junto ao armazém apagado
e algum assovio perdido no mundo.

O andar lento, na posse da espera,
chego à quadra e à casa e à singela porta que busco
e me recebem homens constrangidos à seriedade
que viveram na época de meus antepassados,

e nivelamos destinos no aposento arrumado que dá para
o pátio
— pátio que está sob o poder e na integridade
da noite —
e dizemos, porque a realidade é maior, coisas indiferentes
e somos apáticos e argentinos no espelho
e o mate compartilhado mede horas vãs.

Comovem-me as miúdas sabedorias
que em todo falecimento se perdem
— hábito de alguns livros, de uma chave, de um corpo
entre os outros —
Eu sei que todo privilégio, embora obscuro, é da linhagem
do milagre
e é grande o de participar desta vigília,
reunida ao redor do que não se sabe: do Morto,
reunida para acompanhar e guardar sua primeira noite
na morte.

(O velório gasta os rostos;
nossos olhos estão morrendo no alto como Jesus.)

E o morto, o incrível?
Sua realidade está sob as flores diferentes dele
e sua mortal hospitalidade vai nos dar
uma lembrança a mais para o tempo
e sentenciosas ruas do Sul para merecê-las devagar
e brisa obscura sobre a fronte que se volta
e a noite que nos livra da maior angústia:
a prolixidade do real.

fundação mítica de buenos aires

E foi por esse rio de modorra e de barro
que as proas vieram fundar minha pátria?
Deviam ir aos trancos os barquinhos pintados
por entre os aguapés de sua corrente zaina.

Pensando bem na coisa, vamos supor que o rio
fosse então azulado, como oriundo do céu
com sua estrelinha rubra para marcar o ponto
em que Juan Díaz jejuou e os índios comeram.

O certo é que mil homens e outros mil chegaram
por um mar com a largura de umas cinco luas
e ainda povoado de sereias e endríagos
e dessas pedras-ímãs que enlouquecem a bússola.

Fincaram alguns ranchos trêmulos na costa,
dormiram assombrados. Isso — dizem — foi no Riachuelo,
mas é um desses embustes que se forjam na Boca.
Foi numa quadra inteira e em meu bairro: Palermo.

Uma quadra inteira, mas do lado do campo
exposto às madrugadas e chuvas e suestadas.
Essa quadra parelha que persiste em meu bairro:
Guatemala, Serrano, Paraguay, Gurruchaga.

Um armazém rosado como o verso de um naipe
brilhou e em seus fundos conversaram um truco;
o armazém rosado floresceu num compadre,
dono da esquina agora, já ressentido e duro.

O primeiro realejo surgia no horizonte
com seu porte queixoso, a habanera e o gringo.
Na certa o barracão já falava de YRIGOYEN,
um piano mandava tangos de Saborido.

Uma tabacaria incensou como uma rosa
o deserto. A tarde mergulhara em ontens,
os homens partilharam um passado ilusório.
Só faltou uma coisa: a calçada defronte.

Parece-me história o começo de Buenos Aires:
julgo-a tão eterna como a água e o ar.

xadrez

I

Em seu austero canto, os jogadores
regem as lentas peças. O tabuleiro
prende-os até a alva no severo
espaço em que se odeiam duas cores.

Dentro irradiam mágicos rigores
as formas: torre homérica, ligeiro
cavalo, armada rainha, rei postreiro,
oblíquo bispo e peões agressores.

Quando os jogadores tiverem ido,
quando o tempo os tiver consumido,
certamente não terá cessado o rito.

No oriente acendeu-se essa guerra
cujo anfiteatro é hoje toda a Terra.
Como o outro, esse jogo é infinito.

II

Tênue rei, oblíquo bispo, encarniçada
rainha, peão ladino e torre a prumo
sobre o preto e o branco de seu rumo
buscam e travam sua batalha armada.

Não sabem que a mão assinalada
do jogador governa seu destino,
não sabem que um rigor adamantino
sujeita seu arbítrio e sua jornada.

Também o jogador é prisioneiro
(a máxima é de Omar) de um tabuleiro
de negras noites e de brancos dias.

Deus move o jogador, e este, a peça.
Que deus detrás de Deus o ardil começa
de pó e tempo e sonho e agonias?

o relógio de areia

Está certo que se meça com a dura.
sombra que uma coluna no estio
estende ou com a água desse rio
em que Heráclito viu nossa loucura.

O tempo, já que ao tempo e à sorte
se parecem os dois: a imponderável
sombra diurna e o curso irrevogável
da água que prossegue no seu norte.

Está certo, mas o tempo nos desertos
outra substância achou, suave e pesada,
que parece ter sido imaginada
para medir o tempo dos mortos.

Surge assim o alegórico instrumento
das gravuras que estão nos dicionários,
a peça que os grises antiquários
relegarão a esse mundo cinzento

do bispo sem seu par, ou o da espada
inerme, do apagado telescópio,
do sândalo mordido pelo ópio,
do próprio pó, do acaso e do nada.

Quem não se demorou perante o ríspido
e tétrico instrumento que acompanha
na destra mão do deus uma gadanha,
e de que o traço foi por Dürer repetido?

Pelo ápice aberto o cone inverso
deixa cair a cautelosa areia,
ouro gradual que se solta e recheia
o côncavo cristal, seu universo.

É agradável observar a arcana
areia que desliza e que declina
e, prestes a cair, se recombina
com uma pressa inteiramente humana.

A areia dos ciclos é imutável,
a história da areia é infinita;
assim, em tua ventura ou tua desdita,
se abisma a eternidade invulnerável.

Não se detém jamais essa caída.
Eu me dessangro, não o vidro. O rito
de decantar a areia é infinito
e com a areia vai-se nossa vida.

Nos minutos da areia o tempo cósmico
acredito sentir: aquela história
que guarda em seus espelhos a memória
ou a que dissolveu o Letes mágico.

O pilar de fumaça e o que fumega,
Cartago e Roma e a perigosa guerra,
Simão, o Mago, os sete pés de terra
que o rei saxão oferta ao da Noruega,

a tudo arrasta e perde esse infalível
fio sutil de areia numerosa.
Não vou salvar-me eu, fortuita coisa
de tempo, que é matéria perecível.

alusão à morte
do coronel francisco borges (1835-74)

Deixo-o no cavalo, nessa hora
crepuscular em que buscou a morte;
que de todas as horas de sua sorte
essa perdure, amarga e vencedora.
Avança pelo campo a brancura
do cavalo e do poncho. A paciente
morte espreita nos rifles. Tristemente,
Francisco Borges vai pela planura.
Aquilo que o cercava, a metralha,
isso que vê, o pampa sem medida,
é o que viu e ouviu por toda a vida.
Está no cotidiano, na batalha.
Alto o deixo em seu épico universo
e quase intocado pelo verso.

junín

Sou, mas sou também o outro, o morto,
o outro do meu sangue e do meu nome;
sou um vago senhor e sou o homem
que interceptou as lanças do deserto.
Volto a Junín, onde jamais estive,
a teu Junín, vô Borges. Tu me escutas,
sombra ou cinza final, ou desescutas
em teu sonho de bronze esta voz torta?
Talvez procures com meus olhos vãos
o Junín épico dos teus soldados,
a árvore plantada, os teus roçados,
e no confim a tribo e os despojos.
Te imagino severo, um pouco triste.
Quem me dirá como eras e quem foste.

Junín, 1966

o mar

Antes que o sonho (ou o terror) tecesse
mitologias e cosmogonias,
antes que o tempo se cunhasse em dias,
o mar, o sempre mar, já estava e era.
Quem é o mar? Quem é o violento
e antigo ser que corrói os pilares
da Terra e é um mar e muitos outros
e abismo e resplendor e acaso e vento?
Quem o olha o vê pela primeira
vez, sempre. Com o assombro que as coisas
elementares deixam, as formosas
tardes, a lua, o fogo, uma fogueira.
Quem é o mar, quem sou? Só saberei
no dia ulterior ao da agonia.

o labirinto

Nem Zeus desataria essas redes
de pedra que me cercam. Olvidado
dos homens que antes fui, sigo o odiado
caminho de monótonas paredes
que é meu destino. Retas galerias
encurvando-se em círculos secretos
com o passar dos anos. Parapeitos
que se racharam na usura dos dias.
Já decifrei no pó esbranquiçado
rastros que temo. Tenho percebido
no ar das côncavas tardes um rugido
ou o eco de um rugido desolado.
Sei que na sombra há Outro, cuja sorte
é exaurir as solidões sem fim
que este Hades fiam e desfiam,
sugar meu sangue e devorar minha morte.
Nós dois nos procuramos. Quem me dera
fosse este o dia último da espera.

labirinto

Nunca haverá uma porta. Estás dentro
E o alcácer abarca o universo
E não tem nem anverso nem reverso
Nem muro externo nem secreto centro.
Não esperes que o rigor de teu caminho,
Que se bifurca, contumaz, em outro,
Encontre um fim. De ferro é teu destino,
Como teu juiz. Não esperes a investida
Do touro que é um homem e cuja estranha
Forma plural dá horror à maranha
De interminável pedra entretecida.
Não existe. Nada esperes. Sequer à
Negra sombra crepuscular, a fera.

a um poeta saxão

Tu cuja carne, hoje dispersa, pó,
foi peso sobre a terra, como a nossa,
tu cujos olhos viram o sol, essa famosa estrela,
tu que viveste não no rígido ontem
mas no incessante presente,
no último ponto e ápice vertiginoso do tempo,
tu que em teu monastério foste chamado
pela antiga voz da épica,
tu que tramaste as palavras,
tu que cantaste a vitória de Brunanburh
e não a atribuíste ao Senhor
mas à espada de teu rei,
tu que com júbilo feroz cantaste,
a humilhação do viking,
o festim do corvo e da águia,
tu que na militar ode congregaste
as rituais metáforas da estirpe,
tu que num tempo sem história
viste no agora o ontem
e no suor e no sangue de Brunanburh
um cristal de antigas auroras,

tu que tanto amavas tua Inglaterra
sem nomeá-la,
hoje não és mais que umas palavras
que os germanistas anotam.
Hoje não és mais que minha voz
quando revive tuas palavras de ferro.

Peço a meus deuses ou à soma do tempo
que meus dias mereçam o olvido,
que meu nome seja Ninguém como o de Ulisses,
mas que algum verso perdure
na noite propícia à memória
ou nas manhãs dos homens.

jonathan edwards
(1703-1758)

Longe da cidade, longe do foro
clamoroso e do tempo, que é mudança,
Edwards, eterno já, sonha e avança
sob a sombra de árvores de ouro.
Hoje é amanhã e é ontem. Não há uma
coisa de Deus nesse sereno ambiente
que não o exalte misteriosamente,
o ouro da tarde ou o ouro da lua.
Pensa feliz que o mundo é um eterno
instrumento de ira e que o ansiado
céu para apenas poucos foi criado
e para quase todos o inferno.
No centro pontual dessa maranha
há um outro prisioneiro: Deus, a Aranha.

emerson

Esse alto cavaleiro americano
fecha o volume de Montaigne e sai
em busca de outro gozo que não vale
menos: a tarde que já exalta o lhano.
Rumo ao fundo poente e seu declive,
rumo ao confim que esse poente doura,
caminha pelos campos como agora
pela memória de quem isto escreve.
Ele pensa: Li os livros essenciais
e escrevi outros que o escuro olvido
não vai eliminar. Um deus me deu
o que é dado saber a nós, mortais.
Por todo o continente anda meu nome;
eu não vivi. Quisera ser outro homem.

um soldado de lee
(1862)

Atingiu-o uma bala na ribeira
de uma clara corrente cujo nome
ignora. Cai de boca. (É verdadeira
a história e mais de um homem foi aquele.)
O ar dourado balança as ociosas
folhas dos pinheirais. A paciente
formiga escala o rosto indiferente.
Sobe o sol. Muitas coisas já mudaram
e mudarão sem parar até um certo
dia deste futuro em que te canto
a ti que, sem a dádiva do pranto,
caíste como cai um homem morto.
Não há um mármore que guarde tua memória;
seis pés de terra são tua obscura glória.

camden, 1892

O cheiro do café e dos periódicos.
O domingo e seu tédio. É de manhã
e na entrevista página essa vã
publicação de versos alegóricos
de um colega feliz. O homem velho
está prostrado e branco em seu decente
dormitório de pobre. Ociosamente
olha seu rosto no cansado espelho.
Pensa, já sem assombro, que essa cara
é ele. A distraída mão lhe toca
a turva barba e a saqueada boca.
O fim não está longe. A voz declara:
Quase não sou, mas meus poemas ritmam
a vida e sua glória. Eu fui Walt Whitman.

paris, 1856

A longa prostração o habituou
a antecipar a morte. Dar-lhe-ia
temor mostrar-se ao clamoroso dia
e andar em meio aos homens. Sem vigor,
Henrique Heine pensa nesse rio,
o tempo, que o afasta lentamente
de sua longa penumbra e do dolente
destino de ser homem e judeu.
Pensa nas delicadas melodias
cujo instrumento foi, mas sabe bem:
não da árvore ou da ave o trilo vem,
e sim do tempo e de seus vagos dias.
Não serás salvo por tuas noites de ouro,
teus rouxinóis e tuas cantadas flores.

o golem

Se (como no Crátilo afirmava o grego)
o nome é o arquétipo da coisa,
em suas letras *rosa* tem a rosa
e na palavra *Nilo* cabe o Nilo.

E, feito de consoantes e vogais,
Nome terrível há de haver, que a essência
cifre de Deus e que a Onipotência
guarde em letras e sílabas cabais.

Adão e as estrelas o souberam
no Éden. Com a ferrugem do pecado
(dizem os cabalistas) foi velado
e as gerações humanas o perderam.

Os artifícios e o candor do homem
nunca têm fim. Sabemos que houve um dia
em que o povo de Deus buscava o Nome
pelas vigílias da judiaria.

Não à maneira de outras que uma vaga
sombra insinuam na imprecisa história,
ainda está verde e vívida a memória
de Judá León, que era rabino em Praga.

Sedento de saber o que Deus sabe,
Judá León obrou permutações
de letras e complexas variações
e um dia disse o Nome que é a Chave,

a Porta, o Eco, o Hóspede e o Palácio,
sobre um boneco que com mãos inábeis
lavrou, para os arcanos ensinar-lhe
das Letras, e do Tempo, e do Espaço.

O simulacro ergueu as sonolentas
pálpebras e viu formas e cores
incompreensíveis, em meio a rumores
e ensaiou temerosos movimentos.

Gradualmente se viu (como nós)
aprisionado na rede sonora
de Antes, Depois, Ontem, Enquanto, Agora,
Direita, Esquerda, Eu, Tu, Eles, Vós.

(O cabalista que agiu como nume
à vasta criatura chamou Golem;
dessas verdades dá notícia Scholem
em um douto lugar de seu volume.)

O rabi lhe explicava o universo
Isto é meu pé; *isto o teu*; *e isto a soga*
e conseguiu, em anos, que o perverso
varresse bem ou mal a sinagoga.

Talvez houvesse um erro na grafia
ou na forma de falar o Sacro Nome;
porque mesmo com essa alta bruxaria,
nunca falou, o aprendiz de homem.

Seus olhos, menos de homem que de cão
e bem menos de cão do que de coisa,
seguiam o rabino na imprecisa
penumbra que toldava a reclusão.

Algo anormal e tosco houve no Golem,
pois se passava, o gato do rabino
se escondia. (Não fala em gato Scholem
mas, através do tempo, eu o adivinho.)

Elevando a seu Deus as mãos filiais,
as devoções desse seu Deus copiava
ou, tonto e sorridente, se encurvava
em côncavas mesuras orientais.

O rabino o olhava com ternura
e com um certo horror. *Como* (pensou)
pude gerar este penoso filho
deixando a inação, que é a cordura?

Por que um símbolo mais à sucessão
infinda acrescentei? Por que à meada
inútil que no eterno está enrolada
dei outra causa e efeito, e outra aflição?

Nos momentos de angústia e de luz vaga,
a seu Golem os olhos dirigia.
Quem nos dirá as coisas que sentia
Deus, ao olhar o seu rabino em Praga?

1958

espinosa

As translúcidas mãos do judeu
lavoram na penumbra suas lentes
e a tarde que declina é medo e frio.
(As tardes são idênticas às tardes.)

As mãos e mais o espaço de jacinto
que empalidece no confim do gueto
quase inexistem para o homem quieto
que está sonhando um claro labirinto.

Não o perturba a fama, esse reflexo
de sonhos sobre o sonho de outro espelho,
nem o amor temeroso das donzelas.

Libertado da metáfora e do mito
lavra um árduo cristal: o infinito
mapa d'Aquele que é as Suas estrelas.

limites

Dentre as ruas que afundam o poente,
alguma (não sei qual) eu percorri
por uma última vez, indiferente
e, sem adivinhá-lo, obedeci

a Quem prefixa onipotentes normas
e uma secreta e rígida medida
às sombras, e aos sonhos, e às formas
que tramam e destramam esta vida.

Se para tudo existe regra e usura
e olvido e nunca mais e última vez,
quem nos dirá a quem, a esta altura,
sem perceber, já dissemos adeus?

Por trás do vidro cinza a noite cessa
e da pilha de livros que uma adunca
sombra dilata sobre a vaga mesa,
alguns por certo não leremos nunca.

Há no Sul tanto portal desgastado
com seus jarrões feitos de alvenaria
e tunas, que ao meu passo está vedado
como se fosse uma litografia.

Para sempre fechaste alguma porta
e há um espelho que te aguarda em vão;
a encruzilhada te parece aberta
e o quadrifronte Jano diz que não.

Uma entre todas as memórias tuas
já se perdeu irreparavelmente;
não te verão descer a essa nascente
nem branco sol nem amarela lua.

Não tornará tua voz ao que o persa
disse em sua língua de aves e de rosas,
quando ao ocaso, vendo a luz dispersa,
queiras dizer inolvidáveis coisas.

E o incessante Ródano e o lago,
todo esse ontem sobre o qual me inclino?
Tão perdido estará quanto Cartago
que a fogo e sal aboliu o latino.

Na aurora penso ouvir um escarcéu
como o rumor de turbas que se apartam;
são tudo o que me amou e me esqueceu;
espaço e tempo e Borges já se afastam.

outro poema dos dons

Quero agradecer ao divino
labirinto dos efeitos e das causas
a diversidade das criaturas
que formam este singular universo,
a razão, que não deixará de sonhar
com um plano do labirinto,
o rosto de Elena e a perseverança de Ulisses,
o amor, que nos permite ver os outros
como os vê a divindade,
o firme diamante e a água solta,
a álgebra, palácio de precisos cristais,
as místicas moedas de Ângelo Silésio,
Schopenhauer,
que talvez tenha decifrado o universo,
o fulgor do fogo
que nenhum ser humano pode olhar sem um assombro
   antigo,
o acaju, o cedro e o sândalo,
o pão e o sal,
o mistério da rosa
que proporciona cor e não a vê,

certas vésperas e dias de 1955,
os duros tropeiros que na planura
arreiam os animais e a aurora,
a manhã em Montevidéu,
a arte da amizade,
o último dia de Sócrates,
as palavras que num crepúsculo se disseram
de uma para outra cruz,
o sonho do Islã, aquele que abarcou
Mil noites e mais uma,
aquele outro sonho do inferno,
da torre do fogo que purifica
e das esferas gloriosas,
Swedenborg,
que conversava com os anjos nas ruas de Londres,
os rios secretos e imemoriais
que convergem em mim,
o idioma que, há séculos, falei na Nortúmbria,
a espada e a harpa dos saxões,
o mar, que é um deserto resplandecente
e uma porção de coisas que não sabemos,
a música verbal da Inglaterra,
a música verbal da Alemanha,
o ouro, que reluz nos versos,
o épico inverno,
o nome de um livro que não li: *Gesta Dei per Francos*,
Verlaine, inocente como os pássaros,
o prisma de cristal e o peso de bronze,
as listras do tigre,
as altas torres de San Francisco e da ilha de Manhattan,
a manhã no Texas,

aquele sevilhano que redigiu a Epístola Moral
e cujo nome, como ele teria preferido, ignoramos,
Sêneca e Lucano, de Córdoba,
que antes do espanhol escreveram
toda a literatura espanhola,
o geométrico e bizarro xadrez,
a tartaruga de Zenão e o mapa de Royce,
o aroma medicinal dos eucaliptos,
a linguagem, que pode simular a sabedoria,
o olvido, que anula ou modifica o passado,
o hábito,
que nos repete e nos confirma como um espelho,
a manhã, que oferece a ilusão de um início,
a noite, sua treva e sua astronomia,
a coragem e a felicidade dos outros,
a pátria, sentida nos jasmins
ou numa velha espada,
Whitman e Francisco de Assis, que já escreveram
o poema,
pelo fato de que o poema é inesgotável
e se confunde com a soma das criaturas
e não chegará jamais ao último verso
e varia de acordo com os homens,
Frances Haslam, que pediu perdão a seus filhos
por morrer tão devagar,
os minutos que precedem o sonho,
o sonho e a morte,
esses dois tesouros ocultos,
as íntimas dádivas que não enumero,
a música, misteriosa forma do tempo.

o instante

Onde estarão os séculos, o sonho
de espadas pelos tártaros sonhado,
onde as fortes muralhas derrubadas,
onde a Árvore de Adão e o outro Lenho?
O presente está só. É a memória
que erige o tempo. Sequência e engano,
essa é a rotina do relógio. O ano
é tão vazio quanto a vazia história.
Entre a aurora e a noite há um abismo
de agonias, de luzes, de cuidados;
o rosto que se observa nos usados
espelhos da noite já não é o mesmo.
O hoje fugaz é tênue e é eterno;
não haverá outro Céu nem outro Inferno.

édipo e o enigma

Quadrúpede na aurora, alto no dia
e com três pés errando pelo vão
território da tarde, é como via
a eterna esfinge o inconstante irmão,

o homem, e com a tarde um homem veio
que decifrou aterrado no espelho
da monstruosa imagem, o reflexo
de sua declinação e seu destino.

Somos Édipo e de um eterno modo
a longa e tripla besta somos, tudo
o que seremos mais o que já fomos.

Aniquilar-nos-ia ver a ingente
forma de nosso ser; piedosamente
Deus nos concede sucessão e olvido.

adrogué

Ninguém na noite indecifrável tema
que eu me perca em meio às negras flores
desse parque, onde tecem seu sistema
propício aos nostálgicos amores

ou ao ócio das tardes o secreto
pássaro que um só mesmo canto afina,
a água circular e o coreto,
a vaga estátua e a duvidosa ruína.

Oca na sombra oca, a cocheira
marca (sei disso) os trêmulos confins
desse mundo de pó e de jasmins,
grato a Verlaine e grato a Júlio Herrera.

À sombra concedem os eucaliptos
o olor medicinal: fragrância antiga
que, para além do tempo e da ambígua
linguagem, nomeia o tempo dos sítios.

Meu passo busca e encontra o esperado
umbral. Risca o terraço sua beira
escura e no pátio axadrezado
goteja periódica a torneira.

Repousam do outro lado das portas
aqueles que em virtude de seus sonhos
são numa sombra visionária donos
do vasto ontem e das coisas mortas.

Cada objeto conheço deste velho
edifício: as lâminas de mica
sobre uma pedra gris que se duplica
continuamente no difuso espelho

E essa cabeça de leão que morde
uma argola e os vidros com suas cores
que revelam ao menino os primores
de um mundo rubro e de outro mundo verde.

Para além do acaso e da morte
duram, e cada qual tem sua história,
mas tudo isso ocorre nessa sorte
de quarta dimensão, que é a memória.

Nela e só nela se mantêm agora
os pátios e jardins. E o passado
os guarda nesse círculo vedado
que abarca a um tempo só Vésper e aurora.

Como pude perder esse preciso
arranjo de coisas simples e amorosas,
inacessíveis hoje como as rosas
que ao primeiro Adão deu o Paraíso?

O antigo estupor de uma elegia
ao pensar nessa casa me transpassa,
e não entendo como o tempo passa,
eu, que sou tempo e sangue e agonia.

o forasteiro

Despachadas as cartas e o telegrama,
caminha pelas ruas indefinidas
e vê pequenas diferenças que não têm importância
e pensa em Aberdeen ou em Layden,
mais vívidas para ele do que este labirinto
de linhas retas, não de complexidade,
para onde o leva o tempo de um homem
cuja verdadeira vida está longe.
Num quarto numerado
fará a barba depois diante do espelho
que não tornará a refleti-lo
e terá a sensação de que esse rosto
é mais inescrutável e mais firme
do que a alma que o habita
e que ao longo dos anos o labora.
Passará por ti em alguma rua
e talvez notes que ele é alto e cinza
e que olha as coisas.
Mulher indiferente
lhe brindará a tarde e o que ocorre
do outro lado de certas portas. O homem

pensa que esquecerá seu rosto e evocará,
anos depois, perto do mar do Norte,
a persiana ou a lâmpada.
Esta noite, seus olhos contemplarão
num retângulo de formas que foram,
o ginete e sua épica planura,
porque o faroeste abarca o planeta
e se espelha nos sonhos dos homens
que nunca lá estiveram.
Na populosa penumbra, o desconhecido
pensa que está em sua cidade
e se surpreenderá ao ver-se em outra,
de outra linguagem e outro céu.

Antes da agonia,
o inferno e a glória são nos dados;
andam agora por esta cidade, Buenos Aires,
que para o forasteiro de meu sonho
(o forasteiro que fui sob outros astros)
é uma série de imprecisas imagens
feitas para o olvido.

everness

Só uma coisa não há. O esquecimento.
Deus, que salva o metal, salva a escória
e anota em sua profética memória
as luas que serão e as que já foram.

Tudo já está. Os milhares de reflexos
que em meio aos dois crepúsculos do dia
teu rosto foi deixando nos espelhos
e todos os que ainda deixará.

E tudo é uma parte do diverso
cristal desta memória, o universo;
nunca têm fim seus árduos corredores

e as portas vão fechando quando passas;
somente do outro lado do poente
verás os Paradigmas e Esplendores.

ewigkeit

Volte-me à boca o verso castelhano
a dizer o que está sempre dizendo
desde o latim de Sêneca: o horrendo
ditame de que tudo é do gusano.
Volte a cantar a esmaecida cinza,
as grandezas da morte e a vitória
dessa rainha retórica que pisa
os estandartes todos da vanglória.
Não é bem isso. O que meu barro louva
eu não hei de negar como um covarde.
Sei que uma coisa não há. É o olvido;
sei que na eternidade dura e arde
o muito e o precioso que perdi:
esta frágua, esta lua e esta tarde.

as coisas

A bengala, as moedas, o chaveiro,
A dócil fechadura, as tardias
Notas que não lerão os poucos dias
Que me restam, o baralho e o tabuleiro,
Um livro e entre suas folhas a esvaecida
Violeta, monumento de uma tarde
Memorável, decerto, e já esquecida,
O rubro espelho ocidental em que arde
Uma ilusória aurora. Quantas coisas,
Limas, umbrais e atlas, taças, cravos,
Servem-nos como tácitos escravos,
Cegas e estranhamente sigilosas!
Nós já esquecidos, e durarão mais;
Sem nem saber que partimos, jamais.

adam cast forth

Houve mesmo um Jardim ou foi um sonho?
Lento na vaga luz, me perguntei,
quase como um consolo, se o passado
de que este Adão, tão pobre hoje, era dono,

não passou de uma mágica impostura
do tal Deus que sonhei. Já é impreciso
na memória o tão claro Paraíso,
porém eu sei que existe e que perdura,

só que não para mim. A terca terra
é meu castigo e a incestuosa guerra
de Cains e de Abéis e suas proles.

E, mesmo assim, é muito ter amado,
haver sido feliz e ter tocado
o vivente Jardim, um dia que seja.

a uma moeda

Fria e tormentosa a noite em que zarpei de Montevidéu.
Ao passar pelo Cerro,
da mais alta coberta joguei
uma moeda que brilhou e submergiu na água barrenta,
uma coisa de luz que o tempo e a treva arrebataram.
Tive a sensação de haver cometido um ato irrevogável,
de acrescentar à história do planeta
duas séries incessantes, paralelas, talvez infinitas:
meu destino, feito de soçobro, de amor e vãs vicissitudes,
e o daquele disco de metal
que as águas dariam ao mole abismo
ou aos remotos mares que ainda roem
despojos do saxão e do fenício.
A cada instante de meu sonho ou minha vigília
corresponde outro da cega moeda.
Às vezes senti remorso
e outras inveja,
de ti que estás, como nós, no tempo e seu labirinto,
e que não sabes disso.

new england, 1967

Transformaram-se as formas de meu sonho;
são hoje o casario rubro e inclinado,
são o bronze das folhas, delicado,
e o casto inverno e o piedoso lenho.
Como no dia sétimo, é a terra
propícia. Nos crepúsculos persiste
algo que é quase nada, ousado e triste,
um antigo rumor de Bíblia e guerra.
Não demora a chegar (dizem) a neve
e a América me espera em cada esquina,
mas sinto nessa tarde que declina
o hoje tão lento e o ontem muito breve.
Buenos Aires, eu sigo caminhando
por tuas esquinas, sem por que nem quando.

Cambridge, 1967

james joyce

Num só dia do homem estão os dias
do tempo, desde aquele inconcebível
dia inicial do tempo, em que um terrível
Deus prefixou os dias e agonias
até o outro em que o rio ubíquo
do tempo secular torne à nascente,
que é o Eterno, e se apague no presente,
no futuro, no ontem, no que ora possuo.
Entre a aurora e a noite está a história
universal. E vejo desde o breu,
junto a meus pés, os caminhos do hebreu,
Cartago aniquilada, Inferno e Glória.
Dai-me, Senhor, coragem e alegria
para escalar o cume deste dia.

Cambridge, 1968

heráclito

O segundo crepúsculo.
A noite que mergulha no sono.
A purificação e o esquecimento.
O primeiro crepúsculo.
A manhã que foi a aurora.
O dia que foi a manhã.
O dia numeroso que será a tarde gasta.
O segundo crepúsculo.
Esse outro hábito do tempo, a noite.
A purificação e o esquecimento.
O primeiro crepúsculo...
A aurora sigilosa e na aurora
o soçobro do grego.
Que trama é esta
do será, do é e do foi?
Que rio é este
por onde corre o Ganges?
Que rio é este cuja fonte é inconcebível?
Que rio é este
que arrasta mitologias e espadas?
É inútil que durma.

Corre no sonho, no deserto, num porão.
O rio me arrebata e sou o rio.
De matéria perecível fui feito, de misterioso tempo.
Talvez o manancial esteja em mim.
Talvez de minha sombra
surjam, fatais e ilusórios, os dias.

milonga de dois irmãos

Traga histórias a viola
de quando o ferro brilhava,
histórias de truco e taba,
bebedeiras, cavalgadas,
histórias da Costa Brava,
e da Trilha das Boiadas.

Venha uma história de ontem
que apreciarão os mais lentos;
o destino é intransigente
e não o julgue ninguém —
esta noite, vejo bem,
vêm do Sul meus pensamentos.

Ouçam, senhores, a história
da dupla de irmãos Iberra,
homens de amor e de guerra
e no perigo primeiros,
fina flor dos cutileiros
e agora os recobre a terra.

Muita vez o homem se perde
por soberba ou por cobiça;
coragem também é vício
em quem a tem noite e dia —
o menor dos dois devia
bem mais mortes à justiça.

Quando Juan Iberra viu
que o mais moço o ultrapassava,
perdeu a paciência um dia
e lhe armou não sei que laço —
matou-o com um balaço,
na região da Costa Brava.

Assim de maneira fiel
contei a história até o fim;
é a história de Caim
que ainda hoje mata Abel.

milonga de jacinto chiclana

Me lembro. Era em Balvanera,
uma noite, há muitos anos;
alguém mencionou o nome
de um tal Jacinto Chiclana.

Algo se disse também
sobre uma esquina e uma faca;
os anos nos deixam ver
o lampejo, o homem que ataca.

Quem sabe por que razão
vem procurar-me esse nome;
eu gostava de saber
o aspecto daquele homem.

Alto o vejo, e eficiente,
dono de alma comedida,
capaz de conter a voz,
e arriscar a própria vida.

Ninguém com passo mais firme
haverá pisado a terra;
e ninguém foi como ele
foi, no amor e na guerra.

Sobre a horta, sobre o pátio,
as torres de Balvanera
e aquela morte casual
em uma esquina — qual era?

Não vejo seu rosto. Vejo,
à luz do poste amarelo,
o choque de homens ou sombras
e essa víbora, o cutelo.

Talvez naquele momento
em que se abria a ferida,
pensou que a um varão compete
não atrasar a partida.

A laia fiel desse homem
só Deus consegue saber;
senhores, estou cantando
o que um nome deixa ver.

Entre as coisas, existe uma
da qual nunca se arrepende
ninguém na terra. Essa coisa
é haver sido valente.

Sempre é melhor ter coragem,
a esperança não engana;
e por isso esta milonga
é de Jacinto Chiclana.

os compadritos mortos

Continuam escorando a passagem
do Paseo de Julio, sombras vãs
em eterno confronto com irmãs
sombras ou a fome, essa outra loba.
Quando o último sol é amarelo
no último limite do arrabalde,
voltam ao seu crepúsculo, fatais
e mortos, a sua puta e a sua faca.
Perduram em apócrifas histórias,
em um jeito de andar, e no tanger
de uma corda, num rosto, um assobio,
em pobres coisas e em obscuras glórias.
E no íntimo pátio da videira
no momento em que a mão tange a guitarra.

prosas

a testemunha

Num estábulo situado quase à sombra da nova igreja de pedra, um homem de olhos cinzentos e barba cinzenta, estendido em meio ao cheiro dos animais, humildemente procura a morte como quem procura o sonho. O dia, fiel a vastas leis secretas, vai deslocando e confundindo as sombras no pobre recinto; lá fora estão as terras aradas e um fosso atulhado de folhas mortas e algum rastro de lobo no barro negro onde começam os bosques. O homem dorme e sonha, esquecido. O toque de oração o desperta. Nos reinos da Inglaterra o som de sinos já é um dos hábitos da tarde, mas o homem, quando criança, viu a face de Woden, o horror divino e a exultação, o tosco ídolo de madeira carregado de moedas romanas e de vestimentas pesadas, o sacrifício de cavalos, cães e prisioneiros. Antes do alvorecer morrerá e com ele morrerão, para nunca mais voltar, as últimas imagens imediatas dos ritos pagãos; o mundo será um pouco mais pobre quando esse saxão estiver morto.

Fatos que povoam o espaço e que chegam ao fim quando alguém morre podem maravilhar-nos, mas uma coisa, ou um número infinito de coisas, morre em cada agonia, a não ser que exista uma memória do universo, como conjecturaram os teósofos. No tempo houve um dia que apagou os últimos olhos que viram Cristo; a batalha de Junín e o amor de Helena morreram com a morte de um homem. O que morrerá comigo quando eu morrer, que forma patética ou perecível o mundo perderá? A voz de Macedonio Fernández, a imagem de um cavalo colorado no baldio de Serrano e de Charcas, uma barra de enxofre na gaveta de uma escrivaninha de mogno?

uma rosa amarela

Nem naquela tarde nem na outra morreu o ilustre Giambattista Marino, que as bocas unânimes da Fama (para usar uma imagem que lhe foi cara) proclamaram o novo Homero e o novo Dante, mas o fato imóvel e silencioso que então ocorreu foi na verdade o último de sua vida. Coberto de anos e de glória, o homem falecia em um vasto leito espanhol de colunas lavradas. Não custa nada imaginar a poucos passos uma serena sacada que olha para o poente e, mais abaixo, mármores e louros e um jardim que duplica suas gradarias numa água retangular. Uma mulher colocou num copo uma rosa amarela; o homem murmura os versos inevitáveis que a ele mesmo, para falar com sinceridade, aborrecem um pouco:

Púrpura do jardim, pompa do prado,
botão de primavera, olho de abril...

Então deu-se a revelação. Marino *viu* a rosa, como Adão pôde vê-la no Paraíso, e sentiu que ela estava em sua eternidade e não em suas palavras e que podemos mencionar ou aludir mas não expressar e que os altos e soberbos tomos que formavam num ângulo da sala uma penumbra de ouro não eram (como sua vaidade sonhou) um espelho do mundo, mas uma coisa a mais acrescentada ao mundo.

Marino chegou a essa iluminação na véspera de sua morte, e talvez Homero e Dante também tenham chegado a ela.

o punhal

A Margarita Bunge

Numa gaveta há um punhal.

Foi forjado em Toledo, em fins do século passado. Luis Melián Lafinur deu-o a meu pai, que o trouxe do Uruguai; Evaristo Carriego uma vez segurou-o na mão.

Todos os que o veem precisam brincar um pouco com ele; percebe-se que há muito o procuravam; a mão se apressa em apertar a empunhadura que a espera; a lâmina obediente e poderosa participa com precisão dos movimentos.

Outra coisa quer o punhal.

Ele é mais que uma estrutura feita de metais; os homens o pensaram e lhe deram forma para um uso muito preciso; é, de algum modo eterno, o punhal que esta noite matou um homem em Tacuarembó e os punhais que mataram César. Quer matar, quer derramar brusco sangue.

Numa gaveta da escrivaninha, entre blocos e cartas, interminavelmente sonha o punhal seu singelo sonho de tigre, e a mão se anima quando o controla porque o metal se anima, o metal que pressente em cada contato o homicida para quem o criaram os homens.

Às vezes me dá pena. Tanta dureza, tanta fé, tão serena ou inocente soberba, e os anos passam, inúteis.

episódio do inimigo

Tantos anos fugindo e esperando e agora o inimigo estava em minha casa. Da janela o vi subir penosamente pelo áspero caminho do cerro. Ajudava-se com um bastão, com o tosco bastão que em suas velhas mãos não podia ser uma arma, e sim um báculo. Custou-me perceber o que esperava: a batida fraca na porta. Fitei, não sem nostalgia, meus manuscritos, o rascunho interrompido e o tratado de Artemidoro sobre os sonhos, livro um tanto anômalo aí, já que não sei grego. Outro dia perdido, pensei. Tive de forcejar com a chave. Temi que o homem desmoronasse, mas deu alguns passos incertos, soltou o bastão, que não voltei a ver, e caiu em minha cama, rendido. Minha ansiedade o imaginara muitas vezes, mas só então notei que se parecia, de modo quase fraternal, com o último retrato de Lincoln. Deviam ser quatro da tarde.

Inclinei-me sobre ele para que me ouvisse.

— Pensamos que os anos passam apenas para nós — disse-lhe —, mas passam também para os outros. Aqui nos encontramos, por fim, e o que aconteceu antes não tem sentido.

Enquanto eu falava, ele desabotoara o casaco. A mão direita estava no bolso do paletó. Assinalava-me algo e senti que era um revólver.

Disse-me então com voz firme:

— Para entrar em sua casa, recorri à compaixão. Agora o tenho a minha mercê e não sou misericordioso.

Ensaiei algumas palavras. Não sou um homem forte, e só as palavras podiam salvar-me. Atinei a dizer:

— É verdade que há tempos maltratei um menino, mas você já não é aquele menino nem eu aquele insensato. Além disso, a vingança não é menos fátua e ridícula que o perdão.

— Justamente porque já não sou aquele menino — replicou-me — tenho de matá-lo. Não se trata de uma vingança, mas de um ato de justiça. Seus argumentos, Borges, são meros estratagemas de seu terror para que eu não o mate. Você não pode fazer mais nada.

— Posso fazer uma coisa — respondi.

— O quê? — perguntou-me.

— Acordar.

E foi o que fiz.

o cativo

Em Junín ou em Tapalquén relatam a história. Um menino desapareceu depois de um ataque indígena; disseram que os índios o haviam roubado. Seus pais o procuraram inutilmente; anos depois, um soldado que vinha do interior falou-lhes de um índio de olhos azuis que bem poderia ser seu filho. Por fim, deram com ele (a crônica perdeu as circunstâncias e não quero inventar o que não sei) e pensaram reconhecê-lo. O homem, trabalhado pelo deserto e pela vida bárbara, já não sabia ouvir as palavras da língua natal, mas deixou-se levar, indiferente e dócil, até a casa. Ali ele estacou, talvez porque os outros tivessem estacado. Olhou para a porta, como se não a entendesse. De repente, abaixou a cabeça, gritou, atravessou correndo o vestíbulo e os dois longos pátios e entrou pela cozinha adentro. Sem vacilar, enfiou o braço na enegrecida chaminé e apanhou a faquinha com cabo de chifre que escondera ali quando menino. Seus olhos brilharam de alegria e os pais choraram porque tinham encontrado o filho.

Talvez a essa lembrança tenham se seguido outras, mas o índio não podia viver entre paredes e um dia foi em busca de seu deserto. Gostaria de saber o que sentiu naquele instante de vertigem em que o passado e o presente se confundiram; gostaria de saber se o filho perdido renasceu e morreu naquele êxtase ou se conseguiu reconhecer, ao menos como uma criança ou um cão, os pais e a casa.

a leopoldo lugones

Os rumores da praça ficam para trás e entro na Biblioteca. De modo quase físico sinto a gravitação dos livros, o espaço sereno de uma ordem, o tempo dissecado e conservado magicamente. À esquerda e à direita, absortos em seu lúcido sonho, perfilam-se os rostos momentâneos dos leitores, à luz das lâmpadas estudiosas, como na hipálage de Milton. Lembro-me de já haver lembrado essa figura, naquele lugar, e depois daquele outro epíteto que também define pelo contorno, o árido camelo do Lunário, e depois daquele hexâmetro da *Eneida*, que maneja e supera o mesmo artifício:

*Ibant obscuri sola sub nocte per umbram.**

Estas reflexões me deixam à porta de seu escritório. Entro; depois de trocarmos algumas convencionais e cordiais palavras, entrego-lhe este livro. Se não me engano, você não me queria mal, Lugones, e teria gostado de gostar de algum trabalho meu. Isso nunca ocorreu, mas desta vez

* "Iam obscuros sob a noite, pelas sombras." [As notas numeradas são sempre do autor, e as notas introduzidas por asteriscos, do tradutor.]

você vira as páginas e lê com aprovação um que outro verso, talvez por reconhecer nele sua própria voz, talvez porque a prática deficiente lhe importe menos que a sã teoria.

Neste ponto meu sonho se desfaz, como a água na água. A vasta biblioteca que me rodeia está na rua México, não na rua Rodríguez Peña, e você, Lugones, se matou no início do ano de 1938. Minha vaidade e minha nostalgia armaram uma cena impossível. Pode ser (digo para mim mesmo), mas amanhã eu também estarei morto e nossos tempos se confundirão e a cronologia se perderá num orbe de símbolos e de algum modo estará correto afirmar que eu lhe trouxe este livro e que você o aceitou.

the unending gift

Um pintor prometeu-nos um quadro.

Agora, em New England, fico sabendo que ele morreu. Senti, como outras vezes, a tristeza de compreender que somos como um sonho. Pensei no homem e no quadro perdidos.

(Só os deuses podem prometer, por serem imortais.)

Pensei num lugar predeterminado que a tela não ocupará.

Depois pensei: se estivesse ali, com o tempo seria apenas uma coisa a mais, uma coisa, uma das vaidades ou hábitos da casa; agora é ilimitada, incessante, capaz de qualquer forma e qualquer cor e a ninguém ligada.

Existe, de algum modo. Viverá e crescerá como uma música e estará comigo até o fim. Obrigado, Jorge Larco.

(Também os homens podem prometer, porque há na promessa algo imortal.)

relatos

a aproximação a almotásim*

Phillip Guedalla escreve que o romance *The Approach to Al-Mu'tasim*, do advogado Mir Bahadur Ali, de Bombaim, "é uma mistura um tanto incômoda (*a rather uncomfortable combination*) daqueles poemas alegóricos do islã que raramente deixam de interessar a seu tradutor com aqueles romances policiais que inevitavelmente superam John H. Watson e aperfeiçoam o horror da vida humana nas pensões mais impecáveis de Brighton". Antes, Mr. Cecil Roberts denunciara, no livro de Bahadur, "a dupla, inverossímil tutela de Wilkie Collins e do ilustre persa do século XII Ferid Eddin Attar" — tranquila observação que Guedalla repete sem novidades, mas num dialeto colérico. Essencialmente, os dois escritores estão de acordo: ambos indicam o mecanismo policial da obra e sua *undercurrent* mística. Essa hibridação pode levar-nos a imaginar alguma semelhança com Chesterton; já demonstraremos que tal fato inexiste.

A *editio princeps* da *Aproximação a Almotásim* foi publi-

* Publicado em *A história da eternidade*, de 1963, este texto é a primeira das duas notas incluídas ao fim do volume sob o título "Duas notas". [N. E.]

cada em Bombaim no final de 1932. O papel era quase papel-jornal; a capa deixava claro para o comprador que aquele era o primeiro romance policial escrito por um natural de Bombay City. Em poucos meses, o público esgotou quatro tiragens de mil exemplares cada. A *Bombay Quarterly Review*, a *Bombay Gazette*, a *Calcutta Review*, a *Hindustan Review* (de Alahabad) e a *Calcutta Englishman* dedicaram-lhe seus ditirambos. Nesse momento Bahadur publicou uma edição ilustrada, a que deu o título de *The Conversation with the Man Called Al-Mu'tasim* e o belo subtítulo de *A Game with Shifting Mirrors* (Um jogo com espelhos que se deslocam). É a edição que acaba de ser relançada em Londres por Victor Gollancz, com prólogo de Dorothy L. Sayers e omissão — talvez misericordiosa — das ilustrações. Tenho-a diante de mim; não consegui reunir-me à primeira, que pressinto muito superior. A isso me autoriza um apêndice, que resume a diferença fundamental entre a versão primitiva, de 1932, e a de 1934. Antes de examiná-la — e de discuti-la —, convém que eu indique rapidamente o curso geral da obra.

Seu protagonista visível — cujo nome nunca nos é dito — é estudante de direito em Bombaim. Blasfematoriamente, duvida da fé islâmica de seus pais, mas, quando a décima noite da lua de *muharram* declina, ele se vê no centro de um confronto civil entre muçulmanos e hindus. É uma noite de tambores e invocações: em meio à multidão adversa, os grandes pálios de papel da procissão muçulmana abrem passagem. Um tijolo hindu é lançado de um balcão; alguém enfia um punhal num abdome; alguém — muçulmano? hindu? — morre e é pisoteado. Três mil homens combatem: bastão contra revólver, obscenidade contra imprecação, Deus, o Indivisível, contra os Deuses. Atônito, o estudante livre-pensador entra no motim. Com as desesperadas mãos, mata (ou acredita ter matado) um hindu. Estrondosa, equestre, semiadormecida, a polícia do Sirkar intervém com golpes imparciais de rebenque. Foge o estudante, quase debaixo das patas dos cavalos. Escapa para os arrabaldes mais distantes. Atravessa duas vias férreas, ou duas vezes a mesma via. Escala o muro de um jardim malcuidado com uma torre circular ao fundo. Uma matilha de cães cor de lua (*a lean and evil mob of mooncoloured hounds*) surge dos roseirais negros. Acossado, busca proteção na torre. Sobe por uma escada de ferro — faltam alguns lanços — e no terraço lá em cima, que tem um poço retinto no centro, dá com um homem esquálido, que está urinando vigorosamente, de cócoras, à luz da lua. Esse homem conta a ele que sua profissão é roubar os dentes de ouro dos cadáveres vestidos de branco que os pársis abandonam naquela torre. Diz outras coisas vis e menciona que há catorze noites não se purifica com bosta de búfalo. Fala com rancor evidente de certos ladrões de cavalos de Guzerate, "comedores de cachorros e de lagartos, homens afinal tão infames quanto nós dois". Está clareando o dia: no ar há um voo baixo de abutres gordos. O estudante, aniquilado, adormece; quando acorda, já com o sol bem alto, o ladrão desapareceu. Também desapareceram um par de charutos de Trichinópolis e algumas rupias de prata. Diante das ameaças projetadas pela noite anterior, o estudante decide perder-se na Índia. Pensa que foi capaz de matar um idólatra, mas não de saber com certeza se o muçulmano tem mais razão do que o idólatra. O nome Guzerate não lhe sai da cabeça, nem o de uma *malka-sansi* (mulher da casta dos ladrões) de Palanpur, muito presente nas imprecações e no ódio do despojador de cadáveres. Conclui que o rancor de um homem tão minuciosamente vil significa um elogio. Resolve — sem maior esperança — ir em busca da mulher. Reza e empreende com segura lentidão o longo caminho. Assim acaba o segundo capítulo da obra.

É impossível acompanhar as peripécias dos dezenove restantes. Há uma pululação vertiginosa de *dramatis personae* — para não falar de uma biografia que parece esgotar os movimentos do espírito humano (que vai da infâmia à especulação matemática) e de uma peregrinação que abrange a vasta geografia do Hindustão. A história iniciada em Bombaim prossegue nas terras baixas de Palanpur, detém-se por uma tarde e uma noite na porta de pedra de Bikanir, narra a morte de um astrólogo cego numa cloaca de Benares, conspira no palácio multiforme de Katmandu, ora e fornica no fedor pestilencial de Calcutá, no Machua Bazar, contempla o nascimento dos dias sobre o mar do escritório de um escrivão em Madras, contempla a morte das tardes sobre o mar de uma sacada no estado de Travancor, vacila e mata em Indapur e encerra sua órbita de léguas e de anos na mesma cidade de Bombaim, a poucos passos do jardim dos cachorros cor de lua. O argumento é este: um homem, o estudante incrédulo e fugitivo que conhecemos, vai parar no meio de pessoas do tipo mais vil e se adapta a elas, numa espécie de concurso de infâmias. De repente — com o milagroso espanto de Robinson ao ver a marca de um pé humano na areia — percebe algum alívio dessa infâmia: uma ternura, uma exaltação, um silêncio, num dos homens odiosos. "Foi como se eu tivesse travado diálogo com um interlocutor mais complexo." Sabe que o homem vil que está conversando com ele é incapaz de ter esse decoro passageiro; daí conclui que o homem refletiu um amigo, ou o amigo de um amigo. Ao repensar o problema, chega a uma convicção misteriosa: *Em algum ponto da terra existe um homem que é a fonte dessa claridade; em algum ponto da terra está o homem que é igual a essa claridade.* O estudante resolve dedicar a vida a encontrá-lo.

Já podemos adivinhar o argumento geral: a busca incansável de uma alma através dos delicados reflexos que essa alma deixou em outras: no início, o tênue rastro de um sorriso ou de uma palavra; no fim, esplendores diversos e crescentes da razão, da imaginação e do bem. À medida que os homens interrogados conhecem Almotásim mais de perto, sua porção divina vai aumentando, mas entende-se que eles são meros espelhos. O tecnicismo matemático é aplicável: o denso romance de Bahadur é uma progressão ascendente cujo termo final é o pressentido "homem que se chama Almotásim". O antecessor imediato de Almotásim é um livreiro persa extremamente cortês e feliz; o antecessor desse livreiro é um santo... Com o passar dos anos, o estudante chega a uma galeria "que no fundo tem uma porta e uma esteira barata com muitas contas e atrás um clarão". O estudante bate palmas uma vez e mais outra e pergunta por Almotásim. Uma voz de homem — a voz incrível de Almotásim — convida-o a entrar. O estudante descerra a cortina e avança. Nesse ponto o romance chega ao fim.

Se não me engano, a boa execução desse argumento impõe duas obrigações ao escritor: uma, a matizada invenção de traços proféticos; outra, a de que o herói prefigurado por esses traços não seja uma mera convenção ou fantasma. Bahadur satisfaz a primeira; não sei até que ponto satisfaz a segunda. Em outras palavras: o inaudito e não contemplado Almotásim deveria deixar-nos a impressão de um caráter real, e não de uma desordem de superlativos insípidos. Na versão de 1932, as notas sobrenaturais vão rareando: "o homem chamado Almotásim" tem seu quê de símbolo, mas não carece de traços idiossincráticos, pessoais. Infelizmente, esse bom comportamento literário não durou. Na versão de 1934 — a que tenho diante dos olhos — o romance se afoga em alegorias: Almotásim é símbolo de Deus e os itinerários pontuais do herói são, de alguma maneira, os avanços da alma na ascensão mística. Há pormenores aflitivos: um judeu negro de Cochim que fala de Almotásim diz que sua pele é escura; um cristão o descreve sobre uma torre, de braços abertos; um lama vermelho lembra-se dele sentado "como esta imagem de manteiga de iaque que eu modelei e adorei no monastério de Tashilhunpo". Essas declarações querem insinuar um Deus unitário, que se adapta às desigualdades humanas. A ideia é pouco estimulante, a meu ver. O mesmo não direi desta outra: a conjectura de que o Todo-Poderoso também esteja em busca de Alguém, e esse Alguém, de Alguém superior (ou simplesmente imprescindível e igual), e assim até o Fim — ou melhor, o Sem-Fim — do Tempo, ou de forma cíclica. Almotásim (o nome daquele oitavo abássida que venceu oito batalhas, engendrou oito homens e oito mulheres, deixou 8 mil escravos e reinou durante um período de oito anos, oito luas e oito dias) significa etimologicamente "o buscador de proteção". Na versão de 1932, o fato de que o objeto da peregrinação fosse um peregrino justificava de maneira oportuna a dificuldade de encontrá-lo; na de 1934, enseja a teologia extravagante que mencionei. Mir Bahadur Ali, como vimos, é incapaz de resistir à mais estúpida das tentações da arte: a de ser um gênio.

Releio o que antecede e temo não ter destacado suficientemente as virtudes do livro. Há traços muito civilizados: por exemplo, certa polêmica do capítulo dezenove na qual se pressente que um contendor que não rebate os sofismas do outro "para não ter razão de maneira triunfal" é amigo de Almotásim.

Entende-se que seja honroso que um livro atual derive de outro, antigo; já que ninguém gosta (como disse Johnson) de dever nada a seus contemporâneos. Os repetidos mas insignificantes pontos de contato do *Ulisses* de Joyce com a *Odisseia* homérica continuam merecendo — jamais saberei por quê — a atordoada admiração da crítica; os do romance de Bahadur com o venerado *Colóquio dos pássaros*, de Farid ud-din Attar, conhecem o aplauso não menos misterioso de Londres, e também de Alahabad e Calcutá. Não faltam outras derivações. Houve um pesquisador que enumerou certas analogias entre a primeira cena do romance com o relato de Kipling "On the City Wall"; Bahadur as admite, mas alega que seria muito anormal que duas pinturas da décima noite de *muharram* não coincidissem... Eliot, com mais justiça, relembra os setenta cantos da incompleta alegoria *The Faërie Queene*, nos quais a heroína, Gloriana, não aparece nem uma única vez — como aponta uma censura de Richard William Church. Eu, com toda a humildade, aponto um precursor remoto e possível: o cabalista de Jerusalém, Isaac Luria, que no século XVI afirmou que a alma de um antepassado ou professor pode entrar na alma de um infeliz para confortá-lo ou instruí-lo. *Ibbûr* é o nome dessa variedade da metempsicose.[1]

1 Ao longo deste apanhado, referi-me ao *Mantiq al-Tayr* (Colóquio dos pássaros) do místico persa Farid al-Din Abu Talib Muhammad ben Ibrahim Attar, morto pelos soldados de Tule, filho de Zingis Jan, quando Nishapur foi espoliada. Talvez não dê conta de resumir o poema. O remoto rei dos pássaros, o Simurg, deixa cair uma pena maravilhosa no centro da China; os pássaros resolvem ir em busca dele, cansados de sua antiga anarquia. Sabem que o nome de seu rei significa trinta pássaros; sabem que seu alcáçar se situa em Kaf, a montanha circular que rodeia a terra. Empreendem a aventura quase infinita: vencem sete vales, ou mares; o nome do penúltimo deles é Vertigem; o último se chama Aniquilação. Muitos peregrinos desertam; outros perecem. Trinta, purificados pelos trabalhos, chegam à montanha de Simurg. Contemplam-no, finalmente: percebem que eles são o Simurg e que o Simurg é cada um deles e todos. (Plotino — *Enéadas*, V, 8, 4 — também declara uma extensão paradisíaca do princípio de identidade: "Tudo, no céu inteligível, está em toda parte. Qualquer coisa é todas as coisas. O sol é todas as estrelas, e cada estrela é todas as estrelas e o sol".) O *Mantiq al-Tayr* foi traduzido para o francês por Garcin de Tassy; para o inglês por Edward FitzGerald; para esta nota consultei o décimo volume d'*As mil e uma noites* de Burton e a monografia *The Persian Mystics: Attar* (1932), de Margaret Smith.

Os pontos de contato desse poema com o romance de Mir Bahadur Ali não são tantos assim. No vigésimo capítulo, algumas palavras atribuídas por um livreiro persa a Almotásim são, talvez, a ampliação de outras que o herói pronunciou; essa e outras analogias ambíguas podem significar a identidade daquele que busca e daquele que é buscado; podem também significar que aquele influi neste. Outro capítulo insinua que Almotásim é o "hindu" que o estudante acredita ter matado.

tlön, uqbar, orbis tertius

I

Devo à conjunção de um espelho com uma enciclopédia a descoberta de Uqbar. O espelho inquietava o fundo de um corredor de uma chácara da rua Gaona, em Ramos Mejía; a enciclopédia se chama, de forma falaz, *The Anglo-American Cyclopaedia* (Nova York, 1917) e é uma reimpressão literal, mas também tardia, da *Encyclopaedia Britannica* de 1902. O fato se deu há uns cinco anos. Bioy Casares tinha jantado comigo naquela noite e nos reteve uma vasta polêmica sobre a elaboração de um romance em primeira pessoa, cujo narrador omitisse ou desfigurasse os fatos, incorrendo em diversas contradições, capazes de permitir a uns poucos leitores — a muito poucos leitores — adivinhar uma realidade atroz ou banal. Do fundo remoto do corredor, o espelho nos espreitava. Descobrimos (noite alta essa descoberta se torna inevitável) que os espelhos têm algo de monstruoso. Bioy Casares lembrou então que um dos heresiarcas de Uqbar declarara que os espelhos e a cópula são abomináveis porque multiplicam o número dos homens. Perguntei-lhe a origem dessa memorável sentença e ele me respondeu que *The Anglo-American Cyclopaedia* a registrava em seu artigo sobre Uqbar. A casa da chácara (que havíamos alugado mobiliada) possuía um exemplar dessa obra. Nas últimas páginas do volume XLVI demos com um artigo sobre Upsala; nas primeiras do XLVII, com um sobre *Ural-Altaic Languages*, mas nem uma palavra sobre Uqbar. Bioy, um pouco inquieto, vasculhou os tomos do índice. Esgotou em vão todas as lições imagináveis: Ukbar, Ucbar, Ookbar, Oukbahr... Antes de sair, disse-me que era uma região do Iraque ou da Ásia Menor. Confesso que assenti com algum incômodo. Conjecturei que aquele país não documentado e o heresiarca anônimo eram uma ficção improvisada pela modéstia de Bioy para justificar uma frase. O exame estéril de um dos atlas de Justus Perthes fortaleceu minha dúvida.

No dia seguinte, Bioy me ligou de Buenos Aires. Disse-me que tinha à vista o artigo sobre Uqbar, no volume XXVI da Enciclopédia. Não constava o nome do heresiarca, mas, sim, a referência a sua doutrina, formulada em palavras quase idênticas às que repetira, embora — talvez — literariamente inferiores. Ele recordara: "*Copulation and mirrors are abominable*". O texto da Enciclopédia dizia: "Para um desses gnósticos, o universo visível era uma ilusão ou (mais precisamente) um sofisma. Os espelhos e a paternidade são abomináveis (*mirrors and fatherhood are hateful*) porque o multiplicam e divulgam". Disse-lhe, sem faltar com a verdade, que gostaria de ver esse artigo. Dias depois ele o trouxe. O que me surpreendeu, pois os escrupulosos índices cartográficos da *Erdkunde* de Ritter ignoravam por completo o nome de Uqbar.

O volume que Bioy trouxe era, com efeito, o XXVI da *Anglo-American Cyclopaedia*. No falso frontispício e na lombada, a indicação alfabética (Tor-Ups) era a do nosso exemplar, mas em vez de 917 páginas constava de 921. Essas quatro páginas adicionais compreendiam o artigo sobre Uqbar; não previsto (como terá notado o leitor) pela indicação alfabética. Comprovamos depois que não há nenhuma outra diferença entre os volumes. Ambos (segundo creio ter indicado) são reimpressões da décima *Encyclopaedia Britannica*. Bioy tinha adquirido o exemplar dele num de muitos leilões.

Lemos com algum cuidado o artigo. A passagem lembrada por Bioy era talvez a única surpreendente. O resto parecia muito verossímil, muito adequado ao tom geral da obra e (como é natural) um pouco enfadonho. Relendo-o, descobrimos sob o rigor da escrita uma vagueza fundamental. Dos catorze nomes que figuravam na parte geográfica, só reconhecemos três — Jorasã, Armênia, Erzerum —, interpolados no texto de um modo ambíguo. Dos nomes históricos, somente um: o do impostor Esmerdis, o mago, invocado mais como metáfora. A nota parecia precisar as fronteiras de Uqbar, mas seus nebulosos pontos de referência eram rios e crateras e cadeias da própria região. Lemos, *verbi gratia*, que as terras baixas de Tsai Jaldun e do delta do Axa definem a fronteira do sul e que nas ilhas desse delta grassam cavalos selvagens. Isso, no princípio da página 918. Na seção histórica (página 920) soubemos que, logo após as perseguições religiosas do século XIII, os ortodoxos buscaram refúgio nas ilhas, onde ainda perduram seus obeliscos e não é raro exumarem seus espelhos de pedra. A seção "Idioma e literatura" era breve. Apenas um traço memorável: anotava que a literatura de Uqbar era de caráter fantástico e que suas epopeias e lendas jamais se referiam à realidade, mas tão só às regiões imaginárias de Mlejnas e Tlön... A bibliografia enumerava quatro volumes que não conseguimos encontrar até agora, embora o terceiro — Silas Haslam: *History of the Land Called Uqbar*, 1874 — figure nos catálogos da livraria de Bernard Quaritch.[1] O primeiro, *Lesbare und lesenswerthe Bemerkungen über das Land Ukkbar in Klein-Asien*, data de 1641 e é obra de Johannes Valentinus Andreä. O fato é significativo; um par de anos depois, topei com esse nome nas inesperadas páginas de De Quincey (*Writings*, volume XIII), onde se refere a um teólogo alemão que, em princípios do século XVII, descreveu a imaginária comunidade da Rosa-Cruz — que outros fundaram mais tarde, à semelhança da que ele preconcebera.

Aquela noite visitamos a Biblioteca Nacional. Em vão esgotamos atlas, catálogos, anuários de sociedades geográficas, memórias de viajantes e de historiadores: nunca ninguém estivera em Uqbar. O índice geral da enciclopédia de Bioy também não registrava esse nome. No dia seguinte, Carlos Mastronardi (a quem eu tinha relatado o assunto) avistou numa livraria de Corrientes e Talcahuano as lombadas pretas e douradas da *Anglo-American Cyclopaedia*... Entrou e consultou o volume XXVI. Evidentemente, não deu com o menor indício de Uqbar.

II

Alguma lembrança limitada e evanescente de Herbert Ashe, engenheiro das ferrovias do Sul, deve persistir no ho-

1 Haslam publicou também *A General History of Labyrinths*.

tel de Adrogué, em meio às efusivas madressilvas e no fundo ilusório dos espelhos. Em vida padeceu de irrealidade, como tantos ingleses; morto, não é nem sequer o fantasma que já era então. Era alto e desanimado e sua cansada barba retangular havia sido vermelha. Imagino que era viúvo, sem filhos. A cada tantos anos ia à Inglaterra: para visitar (julgo por umas fotografias que nos mostrou) um relógio de sol e alguns carvalhos. Meu pai estreitara com ele (o verbo é excessivo) uma daquelas amizades inglesas que começam por excluir a confidência e logo depois omitem o diálogo. Costumavam praticar um intercâmbio de livros e jornais; costumavam bater-se no xadrez, taciturnamente... Lembro-me dele no corredor do hotel, com um livro de matemática na mão, olhando às vezes as cores irrecuperáveis do céu. Uma tarde, falamos do sistema duodecimal de numeração (no qual o doze se escreve 10). Ashe disse que estava precisamente trasladando não sei que tábuas duodecimais para sexagesimais (nas quais sessenta se escreve 10). Acrescentou que esse trabalho lhe fora encomendado por um norueguês: no Rio Grande do Sul. Oito anos que o conhecíamos e nunca tinha mencionado sua estada naquela região... Falamos de vida pastoril, de *capangas*,* da etimologia brasileira da palavra *gaucho* (que alguns velhos uruguaios ainda pronunciam *gaúcho*) e nada mais se disse — Deus me perdoe — de funções duodecimais. Em setembro de 1937 (não estávamos no hotel) Herbert Ashe morreu da ruptura de um aneurisma. Dias antes, recebera do Brasil um pacote selado e registrado. Era um livro *in-octavo* maior. Ashe deixou-o no bar onde — meses de-

* Em português no original.

pois — o encontrei. Comecei a folheá-lo e senti uma ligeira vertigem do espanto que não descreverei, porque esta não é a história de minhas emoções, mas a de Uqbar e Tlön e Orbis Tertius. Numa noite do islã que se chama a Noite das Noites se abrem de par em par as portas secretas do céu e se torna mais doce a água nos cântaros; se essas portas se abrissem, não sentiria o que naquela tarde senti. O livro era redigido em inglês e continha 1001 páginas. No couro amarelo da lombada li estas curiosas palavras que o falso frontispício repetia: *A First Encyclopaedia of Tlön. Vol. XI. Hlaer to Jangr.* Não havia indicação de data nem de lugar. Na primeira página e numa folha de papel de seda que cobria uma das lâminas coloridas estava estampado um óvalo azul com a inscrição: *Orbis Tertius.* Fazia dois anos que eu descobrira num tomo de certa enciclopédia pirata uma descrição sumária de um falso país; agora o acaso me deparava algo mais precioso e mais árduo. Agora tinha nas mãos um vasto fragmento metódico da história total de um planeta desconhecido, com suas arquiteturas e querelas, com o pavor de suas mitologias e o rumor de suas línguas, com seus imperadores e mares, com seus minerais e pássaros e peixes, com sua álgebra e seu fogo, com sua controvérsia teológica e metafísica. Tudo isso articulado, coerente, sem visível propósito doutrinário ou tom paródico.

No Décimo Primeiro Tomo de que falo há alusões a tomos posteriores e precedentes. Néstor Ibarra, num artigo já clássico da *N. R. F.*, negou que existam tais acólitos; Ezequiel Martínez Estrada e Drieu La Rochelle refutaram, talvez vitoriosamente, essa dúvida. O fato é que até agora as pesquisas mais diligentes foram estéreis. Em vão desarrumamos as bibliotecas das duas Américas e da

Europa. Alfonso Reyes, farto dessas canseiras subalternas de caráter policial, propõe que todos nós empreendamos a obra de reconstruir os muitos e maciços tomos que faltam: *ex ungue leonem*. Calcula, entre brincalhão e sério, que uma geração de *tlönistas* pode bastar. Esse arriscado cálculo nos traz de volta ao problema fundamental: quem são os inventores de Tlön? O plural é inevitável, porque a hipótese de um único inventor — de um infinito Leibniz agindo na obscuridade e na modéstia — foi descartada unanimemente. Conjectura-se que este *brave new world* é obra de uma sociedade secreta de astrônomos, biólogos, engenheiros, metafísicos, poetas, químicos, algebristas, moralistas, pintores, geômetras... dirigidos por um obscuro homem de gênio. Sobram indivíduos que dominam essas diversas disciplinas, mas não os capazes de invenção e menos ainda os capazes de subordinar a invenção a um rigoroso plano sistemático. Esse plano é tão vasto que a contribuição de cada escritor é infinitesimal. A princípio se acreditou que Tlön era um mero caos, uma irresponsável licença da imaginação; agora se sabe que é um cosmos e as íntimas leis que o regem foram formuladas, ainda que de modo provisório. Para mim é suficiente recordar que as contradições aparentes do Décimo Primeiro Tomo são a pedra fundamental da prova de que existem os demais: tão lúcida e tão justa é a ordem que nele se observou. As revistas populares divulgaram, com perdoável excesso, a zoologia e a topografia de Tlön; eu penso que seus tigres transparentes e suas torres de sangue não merecem, talvez, a contínua atenção de *todos* os homens. Atrevo-me a pedir alguns minutos para o seu conceito do universo.

Hume notou para sempre que os argumentos de Berkeley não admitem a menor réplica e não suscitam a menor convicção. Esse juízo é totalmente verídico quando aplicado à Terra; totalmente falso em Tlön. As nações desse planeta são — congenitamente — idealistas. Sua linguagem e as derivações de sua linguagem — a religião, as letras, a metafísica — pressupõem o idealismo. O mundo para eles não é um concurso de objetos no espaço; é uma série heterogênea de atos independentes. É sucessivo, temporal, não espacial. Não há substantivos na conjectural *Ursprache* de Tlön, da qual procedem os idiomas "atuais" e os dialetos: há verbos impessoais, qualificados por sufixos (ou prefixos) monossilábicos de valor adverbial. Por exemplo: não há palavra que corresponda à palavra *lua*, mas há um verbo que seria em espanhol *lunecer* ou *lunar*.* "Surgiu a lua sobre o rio" se diz "*hlör u fang axaxaxas mlö*", ou seja, na ordem: "para cima (*upward*) atrás duradouro-fluir lunesceu". (Xul Solar traduz com brevidade: "*upa tras perfluyue lunó*". "*Upward, behind the onstreaming it mooned.*")

O que se disse antes se refere aos idiomas do hemisfério austral. Nos do hemisfério boreal (de cuja *Ursprache* há muito poucos dados no Décimo Primeiro Tomo) a célula primordial não é o verbo, mas o adjetivo monossilábico. O substantivo é formado pelo acúmulo de adjetivos. Não se diz "lua": diz-se "aéreo-claro sobre redondo-escuro" ou "alaranjado-tênue-do-céu" ou qualquer outra composição. No caso escolhido a massa de adjetivos corresponde a um objeto real; o fato é puramente fortuito. Na literatura deste hemisfério (como no mundo subsistente de Meinong)

* *Lunescer* ou *luar* em português.

são numerosos os objetos ideais, convocados e dissolvidos num só momento, segundo as necessidades poéticas. São determinados, às vezes, pela mera simultaneidade. Há objetos compostos de dois termos, um de caráter visual e outro auditivo: a cor do nascente e o remoto grito de um pássaro. Existem aqueles compostos de muitos: o sol e a água contra o peito do nadador, o vago rosa trêmulo que se vê com os olhos fechados, a sensação de quem se deixa levar por um rio e ainda pelo sonho. Esses objetos de segundo grau podem se combinar com outros; o processo, mediante certas abreviaturas, é praticamente infinito. Há poemas famosos compostos de uma única palavra enorme. Esta palavra integra um *objeto poético* criado pelo autor. O fato de ninguém crer na realidade dos substantivos faz com que, paradoxalmente, seja infinito o seu número. Os idiomas do hemisfério boreal de Tlön possuem todos os nomes das línguas indo-europeias — e muitos outros mais.

Não é exagero afirmar que a cultura clássica de Tlön compreende uma única disciplina: a psicologia. As demais são subordinadas a ela. Eu disse que os homens desse planeta concebem o universo como uma série de processos mentais que não se desenvolvem no espaço, mas de modo sucessivo no tempo. Espinosa atribui à sua inesgotável divindade as propriedades da extensão e do pensamento; ninguém compreenderia em Tlön a justaposição da primeira (que só é típica de certos estados) à segunda — que é sinônimo perfeito do cosmos. Melhor dizendo: não concebem que o espaço perdure no tempo. A percepção de uma fumaça no horizonte, em seguida do campo incendiado, em seguida do cigarro mal apagado que produziu a queimada, é considerada um exemplo de associação de ideias.

Este monismo ou idealismo total invalida a ciência. Explicar (ou julgar) um fato é uni-lo a outro; essa vinculação, em Tlön, é um estado posterior do sujeito, que não pode afetar ou iluminar o estado anterior. Todo estado mental é irredutível: o mero fato de nomeá-lo — *id est*, de classificá-lo — implica um falseamento. Disso caberia deduzir que não há ciências em Tlön — nem sequer raciocínios. A verdade paradoxal é que elas existem em número quase incontável. Com as filosofias acontece o que acontece com os substantivos no hemisfério boreal. O fato de que toda filosofia seja de antemão um jogo dialético, uma *Philosophie des Als Ob*, contribuiu para multiplicá-las. São numerosos os sistemas incríveis, mas de arquitetura agradável ou de caráter sensacional. Os metafísicos de Tlön não buscam a verdade nem sequer a verossimilhança: buscam o assombro. Julgam que a metafísica é um ramo da literatura fantástica. Sabem que um sistema não é outra coisa além da subordinação de todos os aspectos do universo a qualquer um deles. Até a frase "todos os aspectos" é recusável, porque supõe a impossível adição do instante presente e dos pretéritos. Tampouco é lícito o plural "os pretéritos", porque supõe outra operação impossível... Uma das escolas de Tlön chega a negar o tempo: argumenta que o presente é indefinido, que o futuro não tem realidade senão como esperança presente, que o passado não tem realidade senão como recordação presente.[2] Outra escola declara que *todo*

2 Russell (*The Analysis of Mind*, 1921, página 159) supõe que o planeta tenha sido criado há poucos minutos, provido de uma humanidade que "recorda" um passado ilusório.

o tempo já transcorreu e que nossa vida é apenas a recordação, ou o reflexo crepuscular, sem dúvida falseado e mutilado, de um processo irrecuperável. Outra, que a história do universo — e nela nossas vidas e o mais tênue detalhe de nossas vidas — é a escrita que um deus subalterno produz para se entender com um demônio. Outra, que o universo é comparável a essas criptografias em que não valem todos os símbolos e que só é verdade o que acontece a cada trezentas noites. Outra, que, enquanto dormimos aqui, estamos despertos noutra parte e assim cada homem é dois homens.

Entre as doutrinas de Tlön, nenhuma mereceu tanto escândalo quanto o materialismo. Alguns pensadores o formularam, com menos clareza que fervor, como quem adianta um paradoxo. Para facilitar o entendimento dessa tese inconcebível, um heresiarca do século XI[3] ideou o sofisma das nove moedas de cobre, cujo renome escandaloso equivale em Tlön ao das aporias eleáticas. Dessa "argumentação especiosa" há muitas versões que variam o número de moedas e o número de achados; eis aqui a mais comum:

> Na terça-feira, X atravessa um caminho deserto e perde nove moedas de cobre. Na quinta, Y encontra no caminho quatro moedas, um tanto enferrujadas pela chuva da quarta-feira. Na sexta, Z descobre três moedas no caminho. Na sexta de manhã, X encontra duas moedas no corredor de sua casa. [O heresiarca queria deduzir dessa história a rea-

3 Século, de acordo com o sistema duodecimal, significa um período de 144 anos.

lidade — *id est*, a continuidade — das nove moedas recuperadas.] É absurdo [afirmava] imaginar que quatro das moedas não tenham existido entre a terça e a quinta, três entre a terça e a tarde da sexta, duas entre a terça e a madrugada da sexta. É lógico pensar que existiram — pelo menos de algum modo secreto, de compreensão vedada aos homens — em todos os momentos desses três prazos.

A linguagem de Tlön resistia à formulação desse paradoxo; a maioria não o entendeu. Os defensores do senso comum limitaram-se, a princípio, a negar a veracidade da historieta. Repetiram que era uma falácia verbal, baseada no emprego temerário de dois neologismos, não autorizados pelo uso e alheios a todo pensamento rigoroso: os verbos *encontrar* e *perder*, que comportam uma petição de princípio, porque pressupõem a identidade das nove primeiras moedas e das últimas. Lembraram que todo substantivo (homem, moeda, quinta-feira, quarta-feira, chuva) só tem valor metafórico. Denunciaram a pérfida circunstância "um tanto enferrujadas pela chuva da quarta-feira", que pressupõe o que se trata de demonstrar: a persistência das quatro moedas, entre a quinta e a terça-feira. Explicaram que uma coisa é *igualdade* e outra *identidade* e formularam uma espécie de *reductio ad absurdum*, ou seja, o caso hipotético de nove homens que em nove sucessivas noites padecem de uma viva dor. Não seria ridículo — indagaram — pretender que essa dor fosse a mesma?[4] Disseram que o heresiarca não era

4. Hoje em dia, uma das igrejas de Tlön sustenta platonicamente que tal dor, que tal matiz esverdeado do amarelo, que tal temperatura, que tal som,

movido senão pelo propósito blasfematório de atribuir a divina categoria de *ser* a simples moedas e que às vezes negava a pluralidade e outras não. Argumentaram: se a igualdade implica a identidade, seria preciso admitir igualmente que as nove moedas são uma única.

Incrivelmente, essas refutações acabaram não sendo definitivas. Aos cem anos da enunciação do problema, um pensador não menos brilhante que o heresiarca, mas de tradição ortodoxa, formulou uma hipótese muito ousada. Essa conjectura feliz afirma que há um só sujeito, que esse sujeito indivisível é cada um dos seres do universo e que estes são órgãos e máscaras da divindade. X é Y e é Z. Z descobre três moedas porque recorda que X as perdeu; X encontra duas no corredor porque recorda que foram recuperadas as outras... O Décimo Primeiro Tomo dá a entender que três razões capitais determinaram a vitória total desse panteísmo idealista. A primeira, o repúdio do solipsismo; a segunda, a possibilidade de conservar a base psicológica das ciências; a terceira, a possibilidade de conservar o culto dos deuses. Schopenhauer (o apaixonado e lúcido Schopenhauer) formula uma doutrina muito parecida no primeiro volume de *Parerga und Paralipomena*.

A geometria de Tlön compreende duas disciplinas um tanto diferentes: a visual e a tátil. A última corresponde à nossa e é subordinada à primeira. A base da geometria visual é a superfície, não o ponto. Esta geometria desconhece as paralelas e declara que o homem que se desloca

são a única realidade. Todos os homens, no vertiginoso instante do coito, são o mesmo homem. Todos os homens que repetem uma linha de Shakespeare são William Shakespeare.

modifica as formas que o circundam. A base de sua aritmética é a noção de números indefinidos. Acentuam a importância dos conceitos de maior e menor, que nossos matemáticos simbolizam por $>$ e $<$. Afirmam que a operação de contar modifica as quantidades e as converte de indefinidas em definidas. O fato de vários indivíduos que contam uma mesma quantidade obterem um resultado igual é, para os psicólogos, um exemplo de associação de ideias ou de bom exercício da memória. Já sabemos que em Tlön o sujeito do conhecimento é uno e eterno.

Nos hábitos literários também é todo-poderosa a ideia de um sujeito único. É raro que os livros sejam assinados. Não existe o conceito de plágio: ficou estabelecido que todas as obras são obra de um só autor, que é intemporal e anônimo. A crítica tem o costume de inventar autores: escolhe duas obras discrepantes — o *Tao te king* e *As mil e uma noites*, digamos — e as atribui a um mesmo autor, determinando, em seguida, com probidade, a psicologia desse interessante *homme de lettres*...

Também são diferentes os livros. Os de ficção abrangem um único argumento, com todas as permutações imagináveis. Os de natureza filosófica contêm, invariavelmente, a tese e a antítese, o rigoroso pró e o contra de uma doutrina. Um livro que não inclua seu contralivro é considerado incompleto.

Séculos e séculos de idealismo não deixaram de influir na realidade. Não é incomum, nas regiões mais antigas de Tlön, a duplicação de objetos perdidos. Duas pessoas procuram um lápis: a primeira o encontra e não diz nada; a segunda encontra um segundo lápis não menos real, porém mais apropriado à sua expectativa. Esses objetos secundários chamam-se *hrönir* e são, ainda que desprovidos de graça, um pouco mais longos. Até há pouco os *hrönir* foram filhos casuais da distração e do esquecimento. Parece mentira que sua metódica produção tenha apenas cem anos, mas assim vem declarado no Décimo Primeiro Tomo. As primeiras tentativas foram estéreis. O *modus operandi*, entretanto, é digno de memória. O diretor de um dos presídios do Estado comunicou aos presos que no antigo leito de um rio havia certos sepulcros e prometeu a liberdade a quem trouxesse um achado importante. Durante os meses que precederam a escavação mostraram a eles lâminas fotográficas do que iam encontrar. Essa primeira tentativa provou que a esperança e a avidez podem inibir; uma semana de trabalho com a pá e a picareta não conseguiu exumar outro *hrön* a não ser uma roda enferrujada, de data posterior ao experimento. Este foi mantido secreto e depois repetido em quatro colégios. Em três foi quase completo o fracasso; no quarto (cujo diretor morreu casualmente durante as primeiras escavações) os discípulos exumaram — ou produziram — uma máscara de ouro, uma espada arcaica, duas ou três ânforas de barro e o esverdeado e mutilado torso de um rei com uma inscrição no peito que ainda não pôde ser decifrada. Assim se descobriu a improcedência de testemunhas que pudessem conhecer a natureza experimental da busca... As investigações em massa produzem objetos contraditórios; agora se prefere o trabalho individual e quase improvisado. A metódica elaboração de *hrönir* (reza o Décimo Primeiro Tomo) prestou serviços prodigiosos aos arqueólogos. Permitiu indagar e até modificar o passado, que agora não é menos plástico e menos dócil que o futuro. Fato curioso: os *hrönir* de segundo e terceiro grau — os *hrönir* derivados de outro *hrön*, os *hrönir* derivados do *hrön* de um *hrön* — exageram as aberrações do inicial; os de quinto são quase uniformes; os de nono se confundem com os de segundo; nos de décimo primeiro há uma pureza de linhas que os originais não têm. O processo é periódico: o *hrön* de décimo segundo grau já começa a decair. Mais estranho e mais puro que todo *hrön* é às vezes o *ur*: a coisa produzida por sugestão, o objeto eduzido pela esperança. A grande máscara de ouro que mencionei é um ilustre exemplo.

As coisas se duplicam em Tlön; propendem igualmente a se apagar e a perder os detalhes quando as pessoas as esquecem. É clássico o exemplo de um umbral que perdurou enquanto um mendigo o visitava e que se perdeu de vista com sua morte. Por vezes uns pássaros, um cavalo, têm salvado as ruínas de um anfiteatro.

Salto Oriental, 1940

Pós-escrito de 1947. Reproduzo o artigo anterior tal como apareceu na *Antologia da literatura fantástica*, 1940, sem outro corte a não ser algumas metáforas e uma espécie de resumo zombeteiro que agora se tornou frívolo. Aconteceram tantas coisas desde essa data... Vou me limitar a recordá-las.

Em março de 1941 foi descoberta uma carta manuscrita de Gunnar Erfjord num livro de Hinton que havia sido de Herbert Ashe. O envelope tinha o selo postal de Ouro Preto; a carta elucidava inteiramente o mistério de

Tlön. Seu texto corrobora as hipóteses de Martínez Estrada. Em princípios do século XVII, numa noite de Lucerna ou de Londres, começou a esplêndida história. Uma sociedade secreta e benévola (que entre seus filiados contou com Dalgarno e depois com George Berkeley) surgiu para inventar um país. No vago programa inicial figuravam os "estudos herméticos", a filantropia e a cabala. Dessa primeira época data o curioso livro de Andreä. No fim de alguns anos de conciliábulos e de sínteses prematuras compreenderam que uma geração não bastava para articular um país. Resolveram que cada um dos mestres que a integravam escolhesse um discípulo para a continuação da obra. Essa disposição hereditária prevaleceu; depois de um hiato de dois séculos a perseguida fraternidade ressurge na América. Por volta de 1824, em Memphis (Tennessee) um dos afiliados conversa com o ascético milionário Ezra Buckley. Este o deixa falar com algum desdém — e ri da modéstia do projeto. Diz a ele que na América inventar um país é absurdo e lhe propõe a invenção de um planeta. A essa gigantesca ideia acrescenta outra, filha de seu niilismo:[5] a de guardar no silêncio a empresa enorme. Circulavam então os vinte tomos da *Encyclopaedia Britannica*; Buckley sugere uma enciclopédia metódica do planeta ilusório. Ele lhes deixaria suas cordilheiras auríferas, seus rios navegáveis, suas pradarias pisadas pelo touro e pelo bisão, seus negros, seus prostíbulos e dólares, sob uma condição: "A obra não pactuará com o impostor Jesus Cristo". Buckley descrê de Deus, mas quer demonstrar ao Deus inexistente que os homens mortais

5 Buckley era livre-pensador, fatalista e defensor da escravidão.

são capazes de conceber um mundo. Buckley é envenenado em Baton Rouge em 1828; em 1914 a sociedade remete a seus colaboradores, que são trezentos, o volume final da Primeira Enciclopédia de Tlön. A edição é secreta: os quarenta volumes que compreende (a obra mais vasta que os homens empreenderam) seriam a base de outra mais minuciosa, redigida não já em inglês, mas em alguma das línguas de Tlön. Essa revisão de um mundo ilusório é provisoriamente chamada de *Orbis Tertius* e um de seus modestos demiurgos foi Herbert Ashe, não sei se como agente de Gunnar Erfjord ou como afiliado. O fato de ter ele recebido um exemplar do Décimo Primeiro Tomo parece favorecer a segunda hipótese. Mas e os outros? Por volta de 1942 os fatos recrudesceram. Recordo com singular nitidez um dos primeiros e me parece que alguma coisa senti de seu caráter premonitório. Aconteceu num apartamento da rua Laprida, defronte a um claro e alto balcão que dava para o poente. A princesa de Faucigny-Lucinge recebera de Poitiers sua baixela de prata. Do vasto fundo de um caixote rubricado de selos internacionais iam saindo finas coisas imóveis: prataria de Utrecht e Paris com dura fauna heráldica, um samovar. No meio delas — com um perceptível e tênue tremor de ave adormecida — palpitava misteriosamente uma bússola. A princesa não a reconheceu. A agulha azul ansiava pelo norte magnético; a caixa de metal era côncava; as letras do quadrante correspondiam a um dos alfabetos de Tlön. Assim foi a primeira intrusão do mundo fantástico no mundo real. Um acaso que me inquieta fez com que eu também fosse testemunha da segunda. Ocorreu alguns meses depois, na venda de um brasileiro na Cuchilla Negra.

Amorim e eu regressávamos de Sant'Anna. Uma enchente do rio Tacuarembó obrigou-nos a provar (e a suportar) essa rudimentar hospitalidade. O vendeiro acomodou-nos em catres rangentes num cômodo grande, entulhado de barris e couros. Deitamo-nos, mas não nos deixou dormir até o amanhecer a bebedeira de um freguês invisível, que alternava xingos inextricáveis com rajadas de milongas — ou mais propriamente rajadas de uma única milonga. Como é de supor, atribuímos à fogosa cachaça do patrão essa gritaria insistente... De madrugada, o homem estava morto no corredor. A aspereza da voz tinha nos enganado: era um rapaz jovem. Durante o delírio caíram do cinturão dele algumas moedas e um cone de metal reluzente, do diâmetro de um dado. Em vão um garoto tentou recolher esse cone. Um homem mal conseguiu levantá-lo. Eu o tive na palma da mão alguns minutos: recordo que o peso era intolerável e que, depois de retirado o cone, a opressão perdurou. Também recordo o círculo preciso que me ficou gravado na carne. Essa evidência de um objeto tão pequeno e a uma só vez pesadíssimo deixava uma impressão desagradável de asco e medo. Um interiorano propôs que fosse atirado na correnteza do rio. Amorim adquiriu-o mediante alguns pesos. Ninguém sabia nada do morto, salvo "que vinha da fronteira". Esses cones pequenos e muito pesados (feitos de um metal que não é deste mundo) são imagem da divindade, em certas religiões de Tlön.

Aqui dou fim à parte pessoal de minha narração. O restante está na memória (quando não na esperança e no temor) de todos os meus leitores. É para mim suficiente recordar ou mencionar os fatos subsequentes, com a simples brevidade de palavras que a concavidade geral das recordações enriquecerá e ampliará. Por volta de 1944 um investigador do jornal *The American* (de Nashville, Tennessee) exumou numa biblioteca de Memphis os quarenta volumes da Primeira Enciclopédia de Tlön. Até o dia de hoje se discute se essa descoberta foi casual ou se foi consentida pelos diretores do ainda nebuloso *Orbis Tertius*. É verossímil a segunda hipótese. Alguns traços incríveis do Décimo Primeiro Tomo (*verbi gratia*, a multiplicação dos *hrönir*) foram eliminados ou atenuados no exemplar de Memphis; é razoável imaginar que essas correções obedecem ao plano de exibir um mundo que não seja por demais incompatível com o mundo real. A disseminação de objetos de Tlön em diversos países complementaria esse plano...[6] O fato é que a imprensa internacional propalou infinitamente o "achado". Manuais, antologias, resumos, versões literais, reimpressões autorizadas e reimpressões piratas da Obra Maior dos Homens abarrotaram e continuam abarrotando a Terra. Quase imediatamente, a realidade cedeu em mais de um ponto. A verdade é que almejava ceder. Há dez anos bastava qualquer simetria com aparência de ordem — o materialismo dialético, o antissemitismo, o nazismo — para inflamar os homens. Como não se submeter a Tlön, à minuciosa e vasta evidência de um planeta ordenado? Inútil responder que a realidade também é ordenada. Talvez seja, mas de acordo com leis divinas — traduzo: com leis inumanas — que nunca chegamos a perceber inteiramente. Tlön pode ser um labirinto, mas é um labirinto urdido por homens, um labirinto destinado a ser decifrado pelos homens.

6 Permanece, naturalmente, o problema da *matéria* de alguns objetos.

O contato e o hábito de Tlön desintegraram este mundo. Encantada com seu rigor, a humanidade esquece e torna a esquecer que é um rigor de enxadristas, não de anjos. Já penetrou nas escolas o (conjectural) "idioma primitivo" de Tlön; o ensino de sua história harmoniosa (e cheia de episódios comoventes) já obliterou a que presidiu minha infância; nas memórias um passado fictício já ocupa o lugar de outro, do qual nada sabemos com certeza — nem mesmo que é falso. Foram reformadas a numismática, a farmacologia e a arqueologia. Entendo que a biologia e a matemática aguardam também seu avatar... Uma dispersa dinastia de solitários mudou a face do mundo. Sua tarefa prossegue. Se nossas previsões não estiverem erradas, daqui a cem anos alguém descobrirá os cem tomos da Segunda Enciclopédia de Tlön.

Aí desaparecerão do planeta o inglês, o francês e o mero espanhol. O mundo será Tlön. Nada disso me importa; continuo revendo, na quietude dos dias do hotel de Adrogué, uma indecisa tradução quevediana (que não penso publicar) do *Urn Burial* de Browne.

emma zunz

No dia 14 de janeiro de 1922, ao voltar da fábrica de tecidos Tarbuch e Loewenthal, Emma Zunz encontrou no fundo do vestíbulo uma carta, enviada do Brasil, pela qual soube que seu pai tinha morrido. À primeira vista, o selo e o envelope enganaram-na; depois, a letra desconhecida a inquietou. Nove ou dez linhas rabiscadas quase preenchiam a folha; Emma leu que o senhor Maier ingerira por engano uma forte dose de Veronal e falecera no dia 3 do corrente no hospital de Bagé. Um companheiro de pensão de seu pai assinava a notícia, um tal de Fein ou Fain, de Rio Grande, que não podia saber que se dirigia à filha do morto.

Emma deixou cair o papel. Sua primeira impressão foi de mal-estar no estômago e nos joelhos; em seguida, de culpa cega, irrealidade, frio, medo; a partir daquele instante, quis estar no dia seguinte. Ato contínuo, compreendeu que aquela vontade era inútil porque a morte de seu pai era a única coisa que tinha acontecido no mundo e continuaria acontecendo infindavelmente. Pegou o papel e foi para seu quarto. Guardou-o, furtivamente, numa gaveta, como se de alguma forma já conhecesse os fatos ulteriores. Já começara a vislumbrá-los, quem sabe; já era a que seria.

Na escuridão envolvente, Emma chorou até o fim daquele dia o suicídio de Manuel Maier, que nos velhos dias felizes foi Emanuel Zunz. Recordou veraneios numa chácara, perto de Gualeguay, recordou (procurou recordar) a mãe, recordou a casinha de Lanús que fora leiloada, recordou os losangos amarelos de uma janela, recordou o auto de prisão, o opróbrio, recordou as cartas anônimas sobre o "desfalque do caixa", recordou (mas isso jamais esquecera) que o pai, na última noite, jurara-lhe que o ladrão era Loewenthal, Aaron Loewenthal, antes gerente da fábrica e agora um dos donos. Desde 1916, Emma guardava o segredo. Não o revelara a ninguém, nem sequer à melhor amiga, Elsa Urstein. Talvez evitasse a incredulidade de terceiros; talvez acreditasse que o segredo era um vínculo entre ela e o ausente. Loewenthal não sabia que ela sabia; Emma Zunz retirava desse fato ínfimo um sentimento de poder.

Não dormiu naquela noite, e, quando a primeira luz definiu o retângulo da janela, seu plano já estava perfeito. Fez tudo para que aquele dia, que lhe pareceu interminável, fosse como os outros. Havia boatos de greve na fábrica; Emma, como sempre, declarou-se contra toda violência. Às seis, concluído o trabalho, foi com Elsa a um clube de mulheres, com ginásio e piscina. Inscreveram-se; teve de repetir e soletrar seu nome e sobrenome; teve de rir das piadas vulgares sobre o exame médico. Com Elsa e com a mais nova das Kronfuss discutiu a que cinema iriam no domingo à tarde. Depois, falou-se de namorados e ninguém esperou que Emma falasse. Em abril completaria dezenove anos, mas os homens ainda lhe inspiravam um temor quase patológico... Ao voltar, preparou uma sopa de tapioca e alguns legumes, jantou cedo, foi se deitar, obrigando-se a dormir. Assim, atarefada e trivial, passou a sexta-feira dia 15, a véspera.

No sábado, a impaciência a despertou. A impaciência, não a inquietação, e o singular alívio de estar afinal naquele dia. Já não tinha de tramar e imaginar; dali a algumas horas chegaria à simplicidade dos fatos. Leu em *La Prensa* que o *Nordstjärnan*, de Malmö, zarparia naquela noite do dique 3; ligou para Loewenthal, insinuou que desejava comunicar, sem que as outras soubessem, algo sobre a greve e prometeu passar pelo escritório ao escurecer. Sua voz tremia; o tremor convinha a uma delatora. Nenhum outro fato memorável ocorreu naquela manhã. Emma trabalhou até o meio-dia e marcou com Elsa e Perla Kronfuss os pormenores do passeio do domingo. Deitou-se depois de almoçar e recapitulou, de olhos fechados, o plano que tramara. Pensou que a etapa final seria menos horrível que a primeira e que lhe traria, sem dúvida, o sabor da vitória e da justiça. De repente, alarmada, levantou-se e correu até a gaveta da cômoda. Abriu-a; debaixo do retrato de Milton Sills, onde a deixara na noite anterior, estava a carta de Fain. Ninguém podia tê-la visto; começou a lê-la e a rasgou.

Relatar com alguma fidelidade os fatos daquela tarde seria difícil e talvez improcedente. Um dos atributos do inferno é a irrealidade, um atributo que parece mitigar seus terrores e talvez os agrave. Como tornar verossímil uma ação quase desacreditada por quem a executava, como recuperar aquele breve caos que hoje a memória de Emma Zunz repudia e confunde? Emma morava do lado de Almagro, na rua Liniers; consta que naquela tarde teria ido ao porto. Talvez no infame Paseo de Julio tenha se visto multiplicada em espelhos, revelada pelas luzes e despida pelos olhares famintos, mas é mais razoável conjecturar que no início tenha vagado, despercebida, pela indiferente galeria... Entrou em dois ou três bares, viu a rotina ou as manobras de outras mulheres. Afinal deu com homens do *Nordstjärnan*. Temeu que um, muito jovem, lhe inspirasse alguma ternura e optou por outro, talvez mais baixo que ela e grosseiro, para que a pureza do horror não fosse atenuada. O homem levou-a a uma porta e depois a um turvo vestíbulo e depois a uma escada tortuosa e depois a um saguão (onde havia uma vidraça com losangos idênticos aos da casa em Lanús) e depois a um corredor e depois a uma porta que se fechou. Os fatos graves estão fora do tempo, seja porque neles o passado imediato fica truncado do futuro, seja porque as partes que os formam não parecem consecutivas.

Naquele tempo fora do tempo, naquela desordem perplexa de sensações desconexas e atrozes, terá pensado Emma Zunz *uma única vez* no morto que motivara aquele sacrifício? Tenho para mim que pensou uma vez e que naquele momento seu desesperado propósito correu perigo. Pensou (não pôde não pensar) que seu pai fizera com sua mãe a coisa horrível que agora lhe faziam. Pensou com tênue assombro e se refugiou, em seguida, na vertigem. O homem, sueco ou finlandês, não falava espanhol; foi uma ferramenta para Emma assim como esta o foi para ele, mas ela serviu para o prazer e ele para a justiça.

Quando ficou sozinha, Emma não abriu de imediato os olhos. No criado-mudo estava o dinheiro que o homem tinha deixado: Emma se recompôs e o rasgou como antes fizera com a carta. Rasgar dinheiro é uma impiedade, como jogar pão fora; Emma se arrependeu, mal o fizera. Um ato de soberba e naquele dia... O temor se perdeu na tristeza de seu corpo, no asco. O asco e a tristeza encadeavam-na, mas Emma lentamente se levantou e começou a se vestir. No quarto não restavam cores vivas; o derradeiro crepúsculo se acentuava. Emma conseguiu sair sem que percebessem; na esquina pegou um ônibus Lacroze, que ia para oeste. Escolheu, conforme seu plano, o assento da frente, para que não vissem seu rosto. Talvez tenha se reconfortado ao verificar, no insípido tráfego das ruas, que o acontecido não contaminara as coisas. Viajou por bairros decaídos e opacos, vendo-os e deles se esquecendo no mesmo instante, e desceu numa das esquinas da Warnes. Paradoxalmente, seu cansaço vinha a ser uma força, pois a obrigava a se concentrar nos pormenores da aventura e lhe ocultava o fundo e a finalidade.

Aaron Loewenthal era, para todos, um homem sério; para uns poucos íntimos, um avarento. Morava nos altos da fábrica, sozinho. Estabelecido no arrabalde desmantelado, temia os ladrões; no pátio da fábrica havia um cachorrão e na gaveta de sua escrivaninha, como ninguém ignorava, um revólver. Tinha chorado com decoro, no ano anterior, a inesperada morte da mulher — uma Gauss! que lhe trouxera um bom dote! —, mas o dinheiro era sua verdadeira paixão. Com íntima vergonha se sabia menos capacitado para ganhá-lo que para conservá-lo. Era muito religioso; acreditava ter com o Senhor um pacto secreto, que o eximia de agir bem, a troco de orações e devoções. Calvo, corpulento, enlutado, de *lorgnon* escuro e barba loira, esperava de pé, junto da janela, o informe confidencial da operária Zunz.

Viu-a empurrar a grade (que ele entreabrira de propósito) e atravessar o pátio sombrio. Viu-a fazer um pequeno rodeio quando o cachorro amarrado começou a latir. Os lábios de Emma se agitavam como os de quem reza em voz baixa; cansados, repetiam a sentença que o senhor Loewenthal ouviria antes de morrer.

As coisas não aconteceram como Emma Zunz previra. Desde a madrugada anterior, ela sonhara muitas vezes que apontava o firme revólver, forçando o miserável a confessar a miserável culpa e expondo o intrépido estratagema que permitiria à Justiça de Deus triunfar sobre a justiça humana. (Não por temor, mas por ser um instrumento da Justiça, ela não queria ser castigada.) Depois, um único tiro no meio do peito rubricaria o destino de Loewenthal. Mas as coisas não aconteceram assim.

Diante de Aaron Loewenthal, mais que a urgência de vingar o pai, Emma sentiu a de castigar o ultraje por ela sofrido. Não podia deixar de matá-lo, depois daquela minuciosa desonra. Tampouco tinha tempo a perder com teatralismos. Sentada, tímida, pediu desculpas a Loewenthal, invocou (em sua qualidade de delatora) as obrigações da lealdade, pronunciou alguns nomes, deu a entender outros e se calou como se o medo a vencesse. Conseguiu que Loewenthal saísse para buscar um copo d'água. Quando ele, incrédulo em face de tais espalhafatos, mas indulgente, voltou da sala de jantar, Emma já havia tirado o pesado revólver da gaveta. Apertou o gatilho duas vezes. O corpo avantajado se desequilibrou como se os estampidos e a fumaça o tivessem partido, o copo d'água se quebrou, o rosto a olhou com espanto e cólera, a boca do rosto xingou-a em espanhol e em iídiche. Os palavrões não cessavam; Emma teve de abrir fogo outra vez. No pátio, o cachorro acorrentado rompeu a latir, e uma efusão de brusco sangue brotou dos lábios obscenos e manchou a barba e a roupa. Emma deu início à acusação que tinha preparado ("Vinguei meu pai e não poderão me castigar..."), mas não a acabou, porque o senhor Loewenthal já havia morrido. Nunca soube se ele chegou a compreender.

Os latidos exasperados lembraram-na de que não podia, ainda, descansar. Desarrumou o divã, desabotoou o paletó do cadáver, tirou o *lorgnon* salpicado e o deixou em cima do fichário. Depois pegou o telefone e repetiu o que repetiria tantas vezes, com estas e com outras palavras: "Ocorreu uma coisa incrível... O senhor Loewenthal me fez vir a pretexto da greve... Abusou de mim, e o matei...".

Com efeito, a história era incrível, mas se impôs a todos, porque substancialmente era verdade. Verdadeiro era o tom de Emma Zunz, verdadeiro o pudor, verdadeiro o ódio. Verdadeiro também era o ultraje que sofrera; só eram falsas as circunstâncias, a hora e um ou dois nomes próprios.

o jardim de veredas que se bifurcam

para Victoria Ocampo

Na página 242 da *História da Guerra Europeia* de Liddell Hart, lê-se que uma ofensiva de treze divisões britânicas (apoiadas por 1400 peças de artilharia) contra a linha Serre-Montauban fora planejada para o dia 24 de julho de 1916 e teve de ser adiada até a manhã do dia 29. As chuvas torrenciais (anota o capitão Liddell Hart) provocaram aquela demora — nada significativa, por certo. A declaração que segue, ditada, relida e assinada pelo doutor Yu Tsun, antigo catedrático de inglês na *Hochschule* de Tsingtao, lança uma luz insuspeita sobre o caso. Faltam as duas páginas iniciais.

...e dependurei o fone. Imediatamente depois, reconheci a voz que tinha respondido em alemão. Era a do capitão Richard Madden. Madden, no apartamento de Viktor Runeberg, queria dizer o fim de nossos esforços e — isso parecia, porém, muito secundário, ou era *o que devia me parecer* — também de nossas vidas. Queria dizer que Runeberg havia sido preso, ou assassinado.[1] Antes que o sol

1 Hipótese odiosa e extravagante. O espião prussiano Hans Rabener, aliás,

desse dia declinasse, eu teria a mesma sorte. Madden era implacável. Melhor dizendo, era obrigado a ser implacável. Irlandês sob as ordens da Inglaterra, homem acusado de tibieza e talvez de traição, como não iria aceitar e agradecer esse milagroso favor: a descoberta, a captura, quem sabe a morte, de dois agentes do Império Alemão? Subi para o meu quarto; absurdamente fechei a porta à chave e me atirei de costas na estreita cama de ferro. Na janela estavam os telhados de sempre e o sol nublado das seis. Pareceu-me incrível que esse dia sem premonições nem símbolos fosse o da minha morte inevitável. Apesar de meu falecido pai, apesar de minha infância passada num jardim simétrico de Hai Feng, eu, agora, ia morrer? Depois refleti que todas as coisas sempre acontecem precisamente a alguém, precisamente agora. Séculos de séculos e só no presente ocorrem os fatos; inumeráveis homens no ar, na terra e no mar, e tudo o que realmente acontece acontece a mim... A quase intolerável lembrança do rosto cavalar de Madden aboliu essas divagações. No meio de meu ódio e de meu terror (agora não me importa falar de terror: agora que enganei Richard Madden, agora que minha garganta anseia pela corda) pensei que esse guerreiro tumultuoso e sem dúvida feliz não suspeitava que eu possuísse o Segredo. O nome do lugar exato do novo parque de artilharia britânico no Ancre. Um pássaro riscou o céu cinza e cegamente eu o traduzi num aeroplano e esse aeroplano em muitos (no céu francês), aniquilando

---

Viktor Runeberg, atacou com uma pistola automática o portador da ordem de prisão, capitão Richard Madden. Este, em defesa própria, causou-lhe ferimentos que determinaram sua morte. (N. E.)

o parque de artilharia com bombas verticais. Se minha boca, antes que o impacto de uma bala a desfigurasse, pudesse gritar esse nome de modo que o ouvissem na Alemanha... Minha voz humana era muito pobre. Como fazê-la chegar ao ouvido do Chefe? Ao ouvido daquele homem doente e odioso, que nada sabia de Runeberg e de mim a não ser que estávamos em Staffordshire e que em vão esperava notícias nossas em seu árido escritório de Berlim, examinando jornais infinitamente... Disse em voz alta: "Devo fugir". Sem ruído me recompus, num silêncio perfeitamente inútil, como se Madden já estivesse me espreitando. Alguma coisa — talvez a mera ostentação de provar que meus recursos eram nulos — me fez revistar os bolsos. Encontrei o que sabia que ia encontrar. O relógio norte-americano, a corrente de níquel e a moeda quadrangular, o chaveiro com as comprometedoras chaves inúteis do apartamento de Runeberg, a caderneta, uma carta que resolvi destruir imediatamente (e que não destruí), o passaporte falso, uma coroa, dois xelins e alguns *pennies*, o lápis vermelho-azul, o lenço, o revólver com uma bala. Absurdamente o empunhei e sopesei para me dar coragem. Pensei vagamente que um tiro pode ser ouvido muito longe. Em dez minutos meu plano estava maduro. A lista telefônica deu-me o nome da única pessoa capaz de transmitir a notícia: morava num subúrbio de Fenton, a menos de meia hora de trem.

Sou um homem covarde. Agora posso dizê-lo, agora que levei a cabo um plano que ninguém deixaria de qualificar de arriscado. Sei que foi terrível sua execução. Não o fiz pela Alemanha, não. Nada me importa um país bárbaro, que me obrigou à abjeção de ser um espia.

Além disso, sei de um homem da Inglaterra — um homem modesto — que para mim não é menos que Goethe. Mais que uma hora não terei falado com ele, mas durante aquela hora ele foi Goethe... Eu o fiz porque sentia que o Chefe tinha em pouca conta os de minha raça — os inumeráveis antepassados que confluíam em mim. Eu queria provar que um amarelo podia salvar os exércitos dele. Além disso, eu tinha de fugir do capitão. Suas mãos e sua voz podiam bater em minha porta a qualquer momento. Vesti-me em silêncio, disse adeus a mim mesmo diante do espelho, desci, esquadrinhei a rua tranquila e saí. A estação não distava muito de casa, mas achei preferível pegar uma condução. Concluí que assim corria menos perigo de ser reconhecido; o fato é que na rua deserta me sentia visível e vulnerável, infinitamente. Recordo que disse ao cocheiro que parasse um pouco antes da entrada central. Desci com lentidão voluntária e quase penosa; ia à aldeia de Ashgrove, mas comprei uma passagem para uma estação mais distante. O trem saía dali a pouquíssimos minutos, às oito e cinquenta. Apressei-me; o próximo sairia às nove e meia. Não havia quase ninguém na plataforma. Percorri os vagões: recordo uns lavradores, uma mulher de luto, um jovem que lia com fervor os *Anais* de Tácito, um soldado ferido e feliz. Os vagões partiram por fim. Um homem que reconheci correu em vão até o limite da plataforma. Era o capitão Richard Madden. Aniquilado, trêmulo, encolhi-me na outra ponta da poltrona, longe da temível vidraça.

Desse aniquilamento passei a uma felicidade quase abjeta. Disse a mim mesmo que meu duelo já estava contratado e que eu ganhara o primeiro assalto, ao enganar, ainda que por quarenta minutos, ainda que por um favor do acaso, o ataque de meu adversário. Concluí que essa vitória mínima prefigurava a vitória total. Concluí que não era mínima, já que, sem essa diferença preciosa que o horário dos trens me concedia, eu estaria na prisão, ou morto. Concluí (não menos sofisticamente) que minha felicidade covarde provava que eu era um homem capaz de levar a cabo a aventura. Dessa fraqueza tirei forças que não me abandonaram. Prevejo que o homem se resignará cada dia mais a empresas mais atrozes; logo não haverá senão guerreiros e bandidos; dou-lhes este conselho: "O executor de uma empresa atroz deve imaginar que já a cumpriu, deve se impor um futuro que seja irrevogável como o passado". Assim procedi, enquanto meus olhos de homem já morto registravam a fluência daquele dia, que era talvez o último, e a difusão da noite. O trem corria com doçura, entre freixos. Parou, quase no meio do campo. Ninguém gritou o nome da estação. "Ashgrove?", perguntei a uns garotos na plataforma. "Ashgrove", responderam. Desci.

Uma lâmpada iluminava a plataforma, mas os rostos dos meninos ficavam na zona de sombra. Um me perguntou: "O senhor vai à casa do doutor Stephen Albert?". Sem aguardar a resposta, outro disse: "A casa fica longe daqui, mas o senhor não vai se perder se pegar esse caminho à esquerda e em cada encruzilhada virar sempre à esquerda". Joguei-lhes uma moeda (a última), desci uns degraus de pedra e entrei no caminho solitário. Este, lentamente, descia. Era de terra, no alto os ramos se confundiam, a lua baixa e circular parecia acompanhar-me.

Por um instante, pensei que Richard Madden tivesse penetrado de algum modo em meu desesperado desígnio.

Logo depois compreendi que isso era impossível. O conselho para sempre virar à esquerda me fez recordar que era esse o procedimento comum para descobrir o pátio central de certos labirintos. Algo entendo de labirintos: não é em vão que sou bisneto daquele Ts'ui Pên que foi governador de Yunnan e renunciou ao poder temporal para escrever um romance que fosse ainda mais populoso que o *Hung Lu Meng* e para edificar um labirinto em que todos os homens se perdessem. Treze anos dedicou ele a esses heterogêneos esforços, mas a mão de um forasteiro o assassinou e seu romance era insensato e ninguém encontrou o labirinto. Sob as árvores inglesas fiquei meditando nesse labirinto perdido: imaginei-o inviolável e perfeito no cume secreto de uma montanha, imaginei-o apagado por arrozais ou debaixo d'água, imaginei-o infinito, não já de quiosques oitavados e de veredas que voltam, mas de rios e províncias e reinos... Pensei num labirinto de labirintos, num sinuoso labirinto crescente que abrangesse o passado e o futuro e implicasse de algum modo os astros. Absorto nessas imagens ilusórias, esqueci meu destino de perseguido. Senti-me, por um tempo indeterminado, senhor da percepção abstrata do mundo. O vago e vivo campo, a lua, os restos da tarde, agiram sobre mim; da mesma forma o declive que eliminava qualquer possibilidade de cansaço. A tarde era íntima, infinita. O caminho descia e se bifurcava, entre as já confusas pradarias. Uma música aguda e como que silábica se aproximava e se afastava no vaivém do vento, enfraquecida pelas folhas e pela distância. Pensei que um homem pode ser inimigo de outros homens, de outros momentos de outros homens, mas não de um país: não de vaga-lumes, palavras, jardins, cursos de água, poentes. Cheguei, assim, até um alto portão enferrujado. Por entre as grades decifrei uma alameda e uma espécie de pavilhão. Compreendi, de imediato, duas coisas, a primeira trivial, a segunda quase incrível: a música vinha do pavilhão, a música era chinesa. Por isso, eu a aceitara plenamente, sem prestar atenção nela. Não recordo se havia um sino ou uma campainha ou se chamei batendo palmas. O crepitar da música prosseguiu.

Mas do fundo do âmago da casa uma lanterna se aproximava: uma lanterna que os troncos listravam e de vez em quando anulavam, uma lanterna de papel, que tinha a forma dos tambores e a cor da lua. Um homem alto a trazia. Não vi o rosto dele porque a luz me cegava. Abriu o portão e disse lentamente no meu idioma:

— Vejo que o piedoso Hsi P'êng se esforça por corrigir minha solidão. Sem dúvida, o senhor deve estar querendo ver meu jardim?

Reconheci o nome de um de nossos cônsules e repeti desconcertado:

— O jardim?

— O jardim de veredas que se bifurcam.

Algo se agitou em minha lembrança e pronunciei com incompreensível tranquilidade:

— O jardim de meu antepassado Ts'ui Pên.

— Seu antepassado? Seu ilustre antepassado? Entre.

A úmida vereda ziguezagueava como as da minha infância. Chegamos a uma biblioteca de livros orientais e ocidentais. Reconheci, encadernados em seda amarela, alguns tomos manuscritos da Enciclopédia Perdida que o Terceiro Imperador da Dinastia Luminosa coordenou e que nunca foram impressos. O disco do gramofone girava junto a uma fênix de bronze. Recordo também um jarrão da família rosa e outro, anterior de muitos séculos, dessa cor azul que nossos artífices copiaram dos oleiros da Pérsia...

Stephen Albert me observava, sorrindo. Era (já o disse) muito alto, de traços afilados, de olhos cinza e barba cinza. Havia nele algo de sacerdote e também de marinheiro; depois me relatou que tinha sido missionário em Tient-sin "antes de aspirar a sinólogo".

Sentamo-nos; eu num divã comprido e baixo; ele de costas para a janela e para um alto relógio circular. Calculei que antes de uma hora não chegaria meu perseguidor, Richard Madden. Minha determinação irrevogável podia esperar.

— Destino assombroso o de Ts'ui Pên — disse Stephen Albert. — Governador de sua província natal, douto em astronomia, em astrologia e na interpretação incansável dos livros canônicos, enxadrista, poeta e calígrafo: abandonou tudo para compor um livro e um labirinto. Renunciou aos prazeres da opressão, da justiça, do numeroso leito, dos banquetes e mesmo da erudição e se enclausurou durante treze anos no Pavilhão da Límpida Solitude. Após sua morte, os herdeiros não encontraram senão manuscritos caóticos. A família, como o senhor talvez não ignore, quis adjudicá-los ao fogo; mas seu testamenteiro, um monge taoista ou budista, insistiu na publicação.

— Nós do sangue de Ts'ui Pên — repliquei — continuamos execrando esse monge. Essa publicação foi insensata. O livro é um acervo indeciso de rascunhos contraditórios. Examinei-o certa vez; no terceiro capítulo morre o herói, no quarto está vivo. Quanto à outra empresa de Ts'ui Pên, ao seu Labirinto...

— Aqui está o Labirinto — disse, indicando-me uma alta escrivaninha laqueada.

— Um labirinto de marfim! — exclamei. — Um labirinto mínimo...

— Um labirinto de símbolos — corrigiu. — Um invisível labirinto de tempo. Coube a mim, bárbaro inglês, revelar esse mistério diáfano. Depois de mais de cem anos, os pormenores são irrecuperáveis, mas não é difícil conjecturar o que aconteceu. Ts'ui Pên teria dito certa vez: "Retiro-me para escrever um livro". E outra: "Retiro-me para construir um labirinto". Todos imaginaram duas obras; ninguém pensou que livro e labirinto eram um único objeto. O Pavilhão da Límpida Solitude erguia-se no centro de um jardim talvez inextricável; o fato pode ter sugerido aos homens um labirinto físico. Ts'ui Pên morreu; ninguém, nas dilatadas terras que foram suas, deu com o labirinto; a confusão do romance me sugeriu que esse era o labirinto. Duas circunstâncias deram-me a reta solução do problema. Uma: a curiosa lenda de que Ts'ui Pên tinha se proposto um labirinto que fosse estritamente infinito. A outra: um fragmento de uma carta que descobri.

Albert levantou-se. Deu-me, por alguns instantes, as costas; abriu uma gaveta da escrivaninha dourada e enegrecida. Voltou com um papel antes carmesim, agora de um rosado tênue e quadriculado. Era justo o renome caligráfico de Ts'ui Pên. Li com incompreensão e fervor estas palavras que com minucioso pincel um homem de meu sangue redigiu: "Deixo aos vários futuros (não a todos) meu jardim de veredas que se bifurcam". Devolvi em silêncio a folha. Albert prosseguiu:

— Antes de exumar esta carta, eu tinha me perguntado de que modo um livro pode ser infinito. Não conjecturei nenhum outro procedimento a não ser o de um volume cíclico, circular. Um volume cuja última página fosse idêntica à primeira, com possibilidade de continuar indefinidamente. Recordei também aquela noite que está no centro d'*As mil e uma noites*, quando a rainha Xerazade (por uma mágica distração do copista) começa a relatar textualmente a história d'*As mil e uma noites*, com o risco de chegar outra vez à noite em que ela a relata, e assim até o infinito. Imaginei também uma obra platônica, hereditária, transmitida de pai para filho, à qual cada novo indivíduo acrescentasse um capítulo ou corrigisse com piedoso cuidado a página de seus ancestrais. As conjecturas distraíram-me; mas nenhuma parecia corresponder, nem sequer de um modo remoto, aos contraditórios capítulos de Ts'ui Pên. Em meio a essa perplexidade, remeteram-me de Oxford o manuscrito que o senhor examinou. Detive-me, como é natural, na frase: "Deixo aos vários futuros (não a todos) meu jardim de veredas que se bifurcam". Compreendi quase imediatamente; "o jardim de veredas que se bifurcam" era o romance caótico; a frase "vários futuros (não a todos)" me sugeriu a imagem da bifurcação no tempo, não no espaço. A releitura geral da obra confirmou essa teoria. Em todas as ficções, cada vez que um homem se defronta com diversas alternativas, opta por uma e elimina as demais; na do quase inextricável Ts'ui Pên, opta, simultaneamente, por todas. *Cria*, assim, diversos futuros, diversos tempos, que também proliferam e se bifurcam. Daí as contradições do romance. Fang, digamos, tem um segredo; um desconhecido chama à sua porta; Fang resolve matá-lo. Naturalmente, há vários desenlaces possíveis: Fang pode matar o intruso, o intruso pode matar Fang, ambos podem se salvar, ambos podem morrer etc. Na obra de Ts'ui Pên, todos os desenlaces acontecem; cada um é o ponto de partida de outras bifurcações. De vez em quando, as veredas desse labirinto convergem; por exemplo, o senhor chega a esta casa, mas num dos passados possíveis o senhor é meu inimigo, noutro é meu amigo. Se o senhor se resignar à minha pronúncia incurável, leremos algumas páginas.

O rosto dele, no vívido círculo da lâmpada, era sem dúvida o de um ancião, mas com algo de inquebrantável e até de imortal. Leu com lenta precisão duas redações de um mesmo capítulo épico. Na primeira, um exército caminha rumo a uma batalha através de uma montanha deserta; o horror das pedras e da sombra leva-o a menosprezar a vida e obtém com facilidade a vitória; na segunda, o mesmo exército atravessa um palácio em que há uma festa; a resplandecente batalha lhes parece uma continuação da festa e alcançam a vitória. Eu escutava com honesta veneração essas velhas ficções, talvez menos admiráveis que o fato de terem sido imaginadas por gente de meu sangue e a mim restituídas por um homem de um império remoto, no curso de uma desesperada aventura, numa ilha ocidental. Recordo as palavras finais, repetidas em cada redação como um mandamento secreto: "Assim combateram os heróis, tranquilo o admirável coração, violenta a espada, resignados a matar e a morrer".

Desde aquele instante, senti ao meu redor e em meu corpo obscuro uma invisível, intangível pululação. Não a pululação dos exércitos divergentes, paralelos e afinal coalescentes, mas uma agitação mais inacessível, mais íntima, e que eles de algum modo prefiguravam. Stephen Albert prosseguiu:

— Não creio que seu ilustre antepassado brincasse ociosamente com as variantes. Não julgo verossímil que sacrificasse treze anos à infinita execução de um experimento retórico. Em seu país, o romance é um gênero subalterno; naquele tempo era um gênero desprezível. Ts'ui Pên foi um romancista genial, mas também foi um homem de letras que sem dúvida não se considerou um mero romancista. O testemunho dos contemporâneos proclama, e a vida dele confirma suficientemente, suas inclinações metafísicas, místicas. A controvérsia filosófica usurpa boa parte de seu romance. Sei que, de todos os problemas, nenhum o inquietou nem o afligiu como o problema abissal do tempo. Pois bem, esse é o *único* problema que não aparece nas páginas do *Jardim*. Nem mesmo usa a palavra que quer dizer "tempo". Como se explica, para o senhor, essa voluntária omissão?

Propus várias soluções; todas, insuficientes. Nós as discutimos; por fim, Stephen Albert me disse:

— Numa adivinha cujo tema é o xadrez, qual é a única palavra proibida?

Refleti um momento e retruquei:

— A palavra *xadrez*.

— Precisamente — disse Albert —, *O jardim de veredas que se bifurcam* é uma enorme adivinha, ou parábola, cujo tema é o tempo; essa causa recôndita proíbe a menção de seu nome. Omitir *sempre* uma palavra, recorrer a metáforas ineptas e a perífrases evidentes, é talvez o modo mais enfático de indicá-la. É o modo tortuoso que preferiu, em cada um dos meandros de seu infatigável romance, o oblíquo Ts'ui Pên. Confrontei centenas de manuscritos, corrigi os erros que a negligência dos copistas introduziu, conjecturei o plano daquele caos, restabeleci, acredito ter restabelecido, a ordem primordial, traduzi a obra inteira: ao que me consta, ele não emprega uma só vez a palavra *tempo*. A explicação é óbvia: *O jardim de veredas que se bifurcam* é uma imagem incompleta, mas não falsa, do universo tal como Ts'ui Pên o concebia. Diferentemente de Newton e de Schopenhauer, seu antepassado não acreditava num tempo uniforme, absoluto. Acreditava em infinitas séries de tempos, numa rede crescente e vertiginosa de tempos divergentes, convergentes e paralelos. Essa trama de tempos que se aproximam, se bifurcam, se cortam ou que secularmente se ignoram, abrange *todas* as possibilidades. Não existimos na maioria desses tempos; em alguns existe o senhor e não eu; noutros, eu, não o senhor; noutros, os dois. Neste, que favorável acaso me depara, o senhor chegou a minha casa; noutro, o senhor, ao atravessar o jardim, encontrou-me morto; noutro, eu digo estas mesmas palavras, mas sou um erro, um fantasma.

— Em todos — articulei não sem um certo tremor — eu agradeço e venero sua recriação do jardim de Ts'ui Pên.

— Não em todos — murmurou com um sorriso. — O tempo se bifurca perpetuamente rumo a inumeráveis futuros. Num deles sou seu inimigo.

Voltei a sentir aquela pululação de que falei. Pareceu-me que o úmido jardim que rodeava a casa estava saturado até o infinito de pessoas invisíveis. Essas pessoas eram Albert e eu, secretos, atarefados e multiformes noutras dimensões de tempo. Alcei os olhos e o tênue pesadelo se dissipou. No jardim amarelo e preto havia um único homem; mas aquele homem era forte como uma estátua, mas aquele homem avançava pela vereda e era o capitão Richard Madden.

— O futuro já existe — respondi —, mas eu sou seu amigo. Poderia examinar de novo a carta?

Albert levantou-se. Alto, abriu a gaveta da alta escrivaninha; deu-me as costas por um momento. Eu tinha preparado o revólver. Disparei com sumo cuidado: Albert desabou sem nenhuma queixa, imediatamente. Eu juro que sua morte foi instantânea: fulminante.

O resto é irreal, insignificante. Madden irrompeu, prendeu-me. Fui condenado à forca. Abominavelmente, venci: informei a Berlim o nome secreto da cidade que deviam atacar. Ontem a bombardearam; foi o que li nos mesmos jornais que propuseram à Inglaterra o enigma da morte do sábio sinólogo Stephen Albert, assassinado por um desconhecido, Yu Tsun. O Chefe decifrou o enigma. Ele sabe que meu problema era indicar (através do estrépito da guerra) a cidade que se chama Albert e que não encontrei outro meio a não ser matar uma pessoa com esse nome. Não sabe (ninguém pode saber) de meu cansaço e inumerável contrição.

tema do traidor e do herói

So the Platonic Year
Whirls out new right and wrong,
Whirls in the old instead;
All men are dancers and their tread
Goes to the barbarous clangour of a gong.
W. B. Yeats, *The Tower*

Sob a notória influência de Chesterton (que concebeu e ornou elegantes mistérios) e do conselheiro áulico Leibniz (que inventou a harmonia preestabelecida), imaginei este argumento, que talvez escreva e que já de algum modo me justifica, nas tardes inúteis. Faltam pormenores, retificações, ajustes; há zonas da história que ainda não me foram reveladas; hoje, 3 de janeiro de 1944, vislumbro-a assim.

A ação transcorre num país oprimido e tenaz: Polônia, Irlanda, a República de Veneza, algum Estado sul-americano ou balcânico... Ou melhor, transcorreu, pois, embora o narrador seja contemporâneo, a história por ele narrada aconteceu em meados ou no começo do século XIX. Digamos (para comodidade narrativa) Irlanda; digamos 1824. O narrador chama-se Ryan; é bisneto do jovem, do heroico, do belo, do assassinado Fergus Kilpatrick, cujo sepulcro foi misteriosamente violado, cujo nome ilustra os versos de Browning e de Hugo, cuja estátua preside um morro cinza entre pântanos vermelhos.

Kilpatrick foi um conspirador, um secreto e glorioso capitão de conspiradores; à semelhança de Moisés, que, da terra de Moab, divisou e não pôde pisar a terra prometida, Kilpatrick pereceu na véspera da rebelião vitoriosa que ele havia premeditado e sonhado. Aproxima-se a data do primeiro centenário de sua morte; as circunstâncias do crime são enigmáticas; Ryan, dedicado à redação de uma biografia do herói, descobre que o enigma ultrapassa o puramente policial. Kilpatrick foi assassinado num teatro; a polícia britânica jamais deu com o matador; os historiadores declaram que esse fracasso não empana seu bom nome, já que talvez a própria polícia o tenha mandado matar. Outras facetas do enigma deixam Ryan inquieto. São de caráter cíclico: parecem repetir ou combinar fatos de regiões remotas, de épocas remotas. Assim, ninguém ignora que os esbirros que examinaram o cadáver do herói acharam uma carta fechada que o prevenia do risco de estar presente no teatro, naquela noite; também Júlio César, ao se dirigir ao local onde o aguardavam os punhais de seus amigos, recebeu um bilhete que não chegou a ler, no qual se estampava a traição, com os nomes dos traidores. A mulher de César, Calpúrnia, viu derrubada, num sonho, a torre que o Senado tinha consagrado a ele; falsos e anônimos rumores, na véspera da morte de Kilpatrick, tornaram público em todo o país o incêndio da torre circular de Kilgarvan, fato que podia parecer um presságio, pois ele nascera em Kilgarvan. Esses paralelismos (e outros mais) entre a história de César e a história de um conspirador irlandês levam Ryan a supor uma secreta forma do tempo, um desenho de linhas que se repetem. Pensa na história decimal ideada por Condorcet; nas morfologias propostas por Hegel, Spengler e Vico; nos homens de Hesíodo, que degeneram do ouro até o ferro. Pensa na transmigração das almas, doutrina que confere horror às letras célticas e que o próprio César atribuiu aos druidas britânicos; pensa que, antes de ser Fergus Kilpatrick, Fergus Kilpatrick foi Júlio César. Uma curiosa comprovação o salva desses labirintos circulares, uma comprovação que logo o abisma noutros labirintos mais inextricáveis e heterogêneos: certas palavras de um mendigo que conversou com Fergus Kilpatrick no dia da morte dele foram prefiguradas por Shakespeare, na tragédia de *Macbeth*. Que a história tivesse copiado a história já seria suficientemente espantoso; que a história copie a literatura é inconcebível... Ryan descobre que, em 1814, James Alexander Nolan, o mais antigo dos companheiros do herói, tinha traduzido para o gaélico os principais dramas de Shakespeare; entre eles, *Júlio César*. Também descobre nos arquivos um artigo manuscrito de Nolan sobre os *Festspiele* da Suíça; vastas e errantes representações teatrais, que requerem milhares de atores e reiteram episódios históricos nas próprias cidades e montanhas onde aconteceram. Outro documento inédito lhe revela que, poucos dias antes do fim, Kilpatrick, presidindo o último conclave, havia assinado a sentença de morte de um traidor, cujo nome foi apagado. Esta sentença não condiz com os hábitos piedosos de Kilpatrick. Ryan investiga o assunto (essa investigação é um dos hiatos do argumento) e consegue decifrar o enigma.

Kilpatrick foi executado num teatro, mas fez de teatro também a cidade inteira, e os atores foram legião, e o drama coroado por sua morte abarcou muitos dias e muitas noites. Eis aqui o que aconteceu:

No dia 2 de agosto de 1824 os conspiradores reuniram-se. O país estava maduro para a rebelião; algo, contudo, falhava sempre: algum traidor havia no conclave. Fergus Kilpatrick tinha encomendado a James Nolan o desmascaramento desse traidor. Nolan executou a tarefa: anunciou em pleno conclave que o traidor era o próprio Kilpatrick. Demonstrou com provas irrefutáveis a verdade da acusação; os conjurados condenaram à morte seu presidente. Este assinou a própria sentença, mas implorou que seu castigo não prejudicasse a pátria.

Então Nolan concebeu um estranho projeto. A Irlanda idolatrava Kilpatrick; a mais tênue suspeita de vileza da parte dele teria comprometido a rebelião; Nolan propôs um plano que fez da execução do traidor o instrumento para a emancipação da pátria. Sugeriu que o condenado morresse em mãos de um assassino desconhecido, em circunstâncias deliberadamente dramáticas, que ficassem gravadas na imaginação popular e apressassem a rebelião. Kilpatrick jurou colaborar nesse projeto, que lhe dava ocasião para se redimir e que sua morte rubricaria.

Nolan, premido pelo tempo, não soube inventar inteiramente as circunstâncias da múltipla execução; teve de plagiar outro dramaturgo, o inimigo inglês William Shakespeare. Repetiu cenas de *Macbeth*, de *Júlio César*. A representação, pública e secreta, compreendeu vários dias. O condenado entrou em Dublin, discutiu, agiu, rezou, reprovou, pronunciou palavras patéticas, e cada um desses atos que refletiriam a glória tinha sido prefixado por Nolan. Centenas de atores colaboraram com o protagonista; o papel de alguns foi complexo; o de outros, momentâneo. As coisas que disseram e fizeram perduram nos livros históricos, na memória apaixonada da Irlanda. Kilpatrick, arrebatado por esse minucioso destino que o redimia e o perdia, mais de uma vez enriqueceu com atos e palavras improvisados o texto de seu juiz. Assim foi se desenrolando no tempo o populoso drama, até que no dia 6 de agosto de 1824, num palco de cortinas funerárias que prefigurava o de Lincoln, uma bala almejada entrou no peito do traidor e do herói, que mal pôde articular, entre dois bruscos jatos de sangue, algumas palavras previstas.

Na obra de Nolan, as passagens imitadas de Shakespeare são as *menos* dramáticas; Ryan suspeita que o autor as tenha intercalado para que alguém, no futuro, desse com a verdade. Compreende que ele também faz parte da trama de Nolan... Depois de tenazes cavilações, resolve silenciar a descoberta. Publica um livro dedicado à glória do herói; também isso estava, talvez, previsto.

o imortal

Salomon saith: There is no new thing upon the earth.
So that as Plato had an imagination, that all knowledge
was but remembrance*; so Salomon giveth his sentence,*
that all novelty is but oblivion.

Francis Bacon, *Essays*, LVIII

Em Londres, no início do mês de junho de 1929, o antiquário Joseph Cartaphilus, de Esmirna, ofereceu à princesa de Lucinge os seis volumes *in-quarto* menor (1715-20) da *Ilíada* de Pope. A princesa adquiriu-os; ao recebê-los, trocou algumas palavras com ele. Era, nos diz, um homem acabado e terroso, de olhos cinza e barba cinza, de traços singularmente vagos. Manejava com fluidez e ignorância várias línguas; em pouquíssimos minutos passou do francês ao inglês e do inglês a uma conjunção enigmática de espanhol de Salonica com português de Macau. Em outubro, a princesa ouviu de um passageiro do *Zeus* que Cartaphilus tinha morrido no mar, ao regressar a Esmirna, e que o haviam enterrado na ilha de Ios. No último tomo da *Ilíada*, ela encontrou este manuscrito.

O original está redigido em inglês e é pródigo em latinismos. A versão que oferecemos é literal.

I

Que eu me lembre, minhas provações começaram num jardim de Tebas Hecatômpilos, quando Diocleciano era imperador. Eu tinha militado (sem glória) nas recentes guerras egípcias, como tribuno de uma legião que esteve aquartelada em Berenice, defronte do mar Vermelho: a febre e a magia consumiram muitos homens que, magnânimos, cobiçavam o aço. Os mauritanos foram vencidos; a terra que antes as cidades rebeldes ocupavam foi eternamente dedicada aos deuses plutônicos; Alexandria, debelada, implorou em vão a misericórdia do César; antes de um ano, as legiões relataram o triunfo; eu, porém, mal consegui divisar o rosto de Marte. Essa privação me magoou e foi talvez a causa que me impeliu a descobrir, através de temerosos e difusos desertos, a secreta Cidade dos Imortais.

Minhas provações começaram, como mencionei, num jardim de Tebas. A noite toda não dormi, pois algo estava lutando em meu coração. Levantei-me pouco antes do amanhecer; meus escravos dormiam, a lua tinha a mesma cor da infinita areia. Um cavaleiro exausto e ensanguentado vinha do oriente. A alguns passos de mim, rolou do cavalo. Com uma tênue voz insaciável perguntou-me em latim o nome do rio que banhava os muros da cidade. Respondi-lhe que era o Egito, alimentado pelas chuvas. "É outro o rio que procuro", replicou tristemente, "o rio secreto que purifica os homens da morte." Um sangue escuro manava de seu peito. Disse-me que sua pátria era uma montanha que está do outro lado do Ganges e que nela diziam que, se alguém caminhasse para o ocidente, onde o mundo acaba, chegaria ao rio cujas águas dão a imortalidade. Acrescentou que na margem posterior se ergue a Cidade dos Imortais, rica em baluartes e anfiteatros e templos. Antes da aurora morreu, mas tomei a decisão de descobrir a cidade e o rio. Interrogados pelo algoz, alguns prisioneiros mauritanos confirmaram o relato do viajante; alguém recordou a planície elísia, no término da Terra, onde a vida dos homens é perdurável; outro, os cimos onde nasce o Pactolo, cujos moradores vivem um século. Em Roma, conversei com filósofos que sentiram que aumentar a vida dos homens era aumentar sua agonia e multiplicar o número de suas mortes. Ignoro se algum dia acreditei na Cidade dos Imortais: penso que então me bastou o trabalho de procurá-la. Flávio, procônsul da Getúlia, entregou-me duzentos soldados para o empreendimento. Também recrutei mercenários, que se diziam conhecedores dos caminhos e foram os primeiros a desertar.

Fatos ulteriores deformaram até o inextricável a lembrança de nossas primeiras jornadas. Partimos de Arsínoa e entramos no deserto em brasa. Atravessamos o país dos trogloditas, que devoram serpentes e carecem do comércio da palavra; o dos garamantes, que têm mulheres em comum e se alimentam de leões; o dos augilas, que só veneram o Tártaro. Exaurimos outros desertos, onde a areia é negra, onde o viajante deve usurpar as horas da noite, pois o fervor do dia é intolerável. Divisei de longe a montanha que deu nome ao Oceano: em suas ladeiras cresce o eufórbio, que anula os venenos; no cume, habitam os sátiros, nação de homens bestiais e rústicos, inclinados à luxúria. Que aquelas regiões bárbaras, onde a terra é mãe de monstros, pudessem abrigar em seu seio uma cidade famosa pareceu a todos nós inconcebível. Prosseguimos a marcha, pois teria sido uma afronta retroceder. Alguns temerários dormiram com o rosto exposto à lua; a febre os fez arder; na água deteriorada das cisternas outros beberam a loucura e a morte. Começaram então as deserções; imediatamente depois, os motins. Para reprimi-los, não vacilei diante do exercício da severidade. Procedi retamente, mas um centurião me advertiu de que os sediciosos (ávidos de vingar a crucificação de um deles) maquinavam minha morte. Fugi do acampamento com os poucos soldados que me eram fiéis. No deserto os perdi, em meio aos redemoinhos de areia e à vasta noite. Uma flecha cretense me feriu. Vários dias errei sem encontrar água, ou um único dia enorme, multiplicado pelo sol, pela sede e pelo temor da sede. Deixei o caminho ao arbítrio de meu cavalo. No alvorecer, o horizonte ficou eriçado de pirâmides e torres. Sonhei, insuportavelmente, com um labirinto exíguo e nítido: no centro havia um cântaro; minhas mãos quase o tocavam, meus olhos o viam, mas tão intrincadas e perplexas eram as curvas, que eu sabia que ia morrer antes de alcançá-lo.

II

Ao me desenredar afinal desse pesadelo, vi-me deitado e manietado num nicho de pedra oblongo, não maior que uma sepultura comum, superficialmente escavado no íngreme declive de uma montanha. Os lados eram úmidos, polidos antes pelo tempo que pela indústria. Senti no peito um doloroso latejar, senti que a sede me abrasava. Ergui-me e gritei fracamente. Ao pé da montanha se estendia sem rumor um riacho impuro, atravancado por escombros e areia; na margem oposta resplandecia (sob o último sol ou sob o primeiro) a evidente Cidade dos Imortais. Vi muros, arcos, frontispícios e foros: o fundamento era uma meseta de pedra. Uma centena de nichos irregulares, análogos ao meu, sulcava a montanha e o vale. Na areia havia poços de pouca fundura; desses buracos mesquinhos (e dos nichos) emergiam homens de pele cinza, de barba negligente, despidos. Julguei reconhecê-los: pertenciam à estirpe bestial dos trogloditas, que infestam as margens do golfo Arábico e as grutas etíopes; não me espantei que não falassem e que devorassem serpentes.

A urgência da sede me tornou temerário. Considerei que estava a uns trinta pés da areia; atirei-me, os olhos fechados, as mãos atadas nas costas, montanha abaixo. Enfiei o rosto ensanguentado na água escura. Bebi como bebem os animais. Antes de me perder de novo no sono e nos delírios, repeti, inexplicavelmente, algumas palavras gregas: "Os ricos teucros de Zeleia que bebem a água negra do Esepo...".

Não sei quantos dias e noites rolaram sobre mim. Dolorido, incapaz de recuperar o abrigo das cavernas, nu na ignorada areia, deixei que a lua e o sol brincassem com meu destino aziago. Os trogloditas, infantis na barbárie, não me ajudaram a sobreviver nem a morrer. Roguei-lhes, em vão, que me matassem. Um dia, com o gume de um pedernal cortei minhas ligaduras. Outra vez, levantei e consegui mendigar ou roubar — eu, Marco Flamínio Rufo, tribuno militar de uma das legiões de Roma — minha primeira detestada ração de carne de serpente.

A ânsia de ver os Imortais, de tocar a Cidade sobre-humana, quase não me deixava dormir. Como se penetrassem em meu propósito, tampouco os trogloditas dormiam: no início deduzi que me vigiavam; depois, que tinham se contagiado com minha inquietação, assim como os cães se contagiam. Para me afastar da bárbara aldeia, escolhi a mais pública das horas, o declínio da tarde, quando quase todos os homens emergem das gretas e dos poços e olham o poente, sem vê-lo. Rezei em voz alta, menos para suplicar o favor divino que para intimidar a tribo com palavras articuladas. Atravessei o riacho obstruído pelos bancos de areia e me dirigi à Cidade. De maneira confusa, dois ou três homens me seguiram. Eram (como os demais daquela linhagem) de pequena estatura; não inspiravam medo, mas repulsa. Devo ter contornado algumas depressões irregulares que me pareceram pedreiras; ofuscado pela grandeza da Cidade, eu a julgara próxima. Por volta da meia-noite, pisei, eriçada de formas idolátricas na areia amarela, a sombra negra de seus muros. Uma espécie de horror sagrado me deteve. Tão abominados pelo homem são a novidade e o deserto, que me alegrei de ter sido acompanhado até o fim por um dos trogloditas. Fechei os olhos e aguardei (sem dormir) que raiasse o dia.

Afirmei que a Cidade estava construída sobre uma meseta de pedra. Essa meseta comparável a uma escarpa não era menos árdua que os muros. Gastei, em vão, meus passos: o negro embasamento não deixava ver a menor irregularidade, os muros invariáveis não pareciam consentir uma única porta. A força do dia fez com que eu me refugiasse numa caverna; no fundo havia um poço, no poço uma escada que se abismava rumo à treva inferior. Desci; cheguei, por um caos de sórdidas galerias, a uma vasta câmara circular que mal se via. Naquele porão havia nove portas; oito davam para um labirinto que falazmente desembocava na mesma câmara; a nona (através de outro labirinto) dava numa segunda câmara circular, idêntica à primeira. Ignoro o número total de câmaras; minha desventura e minha ansiedade multiplicaram-nas. O silêncio era hostil e quase perfeito; não havia outro ruído naquelas profundas redes de pedra a não ser o vento subterrâneo, cuja causa não descobri; sem som, fios de água enferrujada se perdiam em meio às gretas. Habituei-me, com horror, àquele mundo duvidoso; julguei incrível que pudesse existir outra coisa além de porões providos de nove portas e de porões compridos que se bifurcam. Ignoro o tempo que tive de caminhar sob a terra; sei que cheguei a confundir, na mesma saudade, a atroz aldeia dos bárbaros e minha cidade natal, entre cachos de uva.

No fundo de um corredor, um muro não previsto me barrou a passagem, uma luz remota caiu sobre mim. Ergui os olhos ofuscados; no centro da vertigem, lá no alto, vi um círculo de céu tão azul que chegou a me parecer de púrpura. Degraus de metal escalavam o muro. O cansaço me relaxava, mas subi, parando às vezes para soluçar tolamente de felicidade. Fui divisando capitéis e astrágalos, frontões triangulares e abóbadas, confusas pompas do granito e do mármore. Assim consegui ascender da cega região de negros labirintos entretecidos até a Cidade resplandecente.

Emergi numa espécie de pracinha; ou melhor, de pátio. Era rodeado por um único edifício de forma irregular e altura variável; a esse edifício heterogêneo pertenciam as diversas cúpulas e colunas. Mais que qualquer outro traço daquele monumento incrível, surpreendeu-

-me a antiguidade da construção. Senti que era anterior aos homens, anterior à Terra. Aquela notória antiguidade (embora de certo modo terrível para os olhos) pareceu-me adequada ao trabalho de operários imortais. De início cautelosamente, depois com indiferença, enfim com desespero, errei por escadas e pavimentos do inextricável palácio. (Depois averiguei que eram inconstantes a extensão e a altura dos degraus, fato que me fez compreender o singular cansaço que me deram.) "Este palácio é obra dos deuses", pensei primeiro. Explorei os recintos desabitados e corrigi: "Os deuses que o construíram morreram". Notei suas peculiaridades e disse: "Os deuses que o construíram estavam loucos". Disse, bem sei, com uma incompreensível reprovação que era quase um remorso, com mais horror intelectual que medo sensível. À impressão de enorme antiguidade vieram juntar-se outras: a do interminável, do atroz, do complexamente insensato. Eu tinha atravessado um labirinto, mas a nítida Cidade dos Imortais me causou medo e repugnância. Um labirinto é uma casa construída para confundir os homens; sua arquitetura, pródiga em simetrias, está subordinada a essa finalidade. No palácio, que explorei imperfeitamente, a arquitetura carecia de finalidade. Eram numerosos os corredores sem saída, as altas janelas inalcançáveis, as portas colossais que davam para uma cela ou para um poço, as incríveis escadas inversas, com os degraus e a balaustrada para baixo. Outras, aderidas aereamente ao flanco de um muro monumental, morriam sem chegar a lugar algum, depois de duas ou três voltas, na treva superior das cúpulas. Ignoro se todos os exemplos que enumerei são literais; sei que durante muitos anos infestaram meus pesadelos; já não consigo saber se este ou aquele traço é uma transcrição da realidade ou das formas que desatinaram minhas noites. "Esta Cidade" (pensei) "é tão horrível que sua mera existência e perduração, ainda que no centro de um deserto secreto, contamina o passado e o futuro e de certo modo compromete os astros. Enquanto perdurar, ninguém no mundo poderá ser corajoso ou feliz." Não quero descrevê-la; um caos de palavras heterogêneas, um corpo de tigre ou de touro, em que pululassem monstruosamente, conjugados e odiando-se, dentes, órgãos e cabeças, podem (talvez) ser imagens aproximativas.

Não recordo as etapas de minha volta, em meio aos poeirentos e úmidos hipogeus. Sei tão só que não me abandonava o temor de que, ao sair do último labirinto, me rodeasse outra vez a nefanda Cidade dos Imortais. Nada mais posso recordar. Aquele esquecimento, agora insuperável, foi quem sabe voluntário; quem sabe as circunstâncias de minha evasão tenham sido tão ingratas que, em algum dia não menos esquecido também, jurei esquecê-las.

III

Aqueles que tiverem lido com atenção o relato de minhas provações lembrarão que um homem da tribo me seguiu como um cão poderia me seguir, até a sombra irregular dos muros. Quando saí do último porão, encontrei-o na boca da caverna. Estava deitado na areia, onde traçava desajeitadamente e apagava uma fileira de signos, que eram como as letras dos sonhos, que alguém está a ponto de entender e depois se confundem. No início, acreditei que se tratava de uma escrita bárbara; depois vi que é absurdo imaginar que homens que não chegaram à palavra cheguem à escrita. Além do mais, nenhuma das formas era igual a outra, o que excluía ou afastava a possibilidade de que fossem simbólicas. O homem as traçava, olhava e corrigia. De repente, como se aquele jogo o cansasse, apagou-as com a palma e o antebraço. Olhou-me, não pareceu me reconhecer. Contudo, tão grande era o alívio que me inundava (ou tão grande e medrosa minha solidão), que comecei a pensar que aquele troglodita rudimentar, que me olhava do chão da caverna, ficara me esperando. O sol escaldava a planície; quando empreendemos a volta à aldeia, sob as primeiras estrelas, a areia estava ardente sob os pés. O troglodita me precedeu; naquela noite concebi o projeto de ensiná-lo a reconhecer, e talvez a repetir, algumas palavras. O cão e o cavalo (refleti) são capazes de reconhecer; muitas aves, como o rouxinol dos Césares, de repetir. Por mais tosco que fosse o entendimento de um homem, sempre seria superior ao dos irracionais.

A humildade e a miséria do troglodita me trouxeram à memória a imagem de Argos, o velho cão moribundo da *Odisseia*, e assim o chamei de Argos e tratei de ensinar-lhe o nome. Fracassei e tornei a fracassar. Os ardis, o rigor e a obstinação foram inteiramente vãos. Imóvel, com os olhos inertes, não parecia perceber os sons que eu lhe procurava inculcar. A alguns passos de mim, era como se estivesse muito longe. Deitado na areia, como uma pequena e ruinosa esfinge de lava, deixava que sobre ele girassem os céus, do crepúsculo do dia ao da noite. Julguei impossível que não percebesse meu propósito. Lembrei que entre os etíopes consta que os macacos deliberadamente não falam para que não os obriguem a trabalhar e atribuí a suspicácia ou temor o silêncio de Argos. Dessa fantasia passei a outras, ainda mais extravagantes. Pensei que Argos e eu participávamos de universos diferentes; pensei que nossas percepções eram iguais, mas que Argos as combinava de outra maneira e com elas construía outros objetos; pensei que talvez não houvesse objetos para ele, mas um vertiginoso e contínuo jogo de impressões brevíssimas. Pensei num mundo sem memória, sem tempo; considerei a possibilidade de uma linguagem que ignorasse os substantivos, uma linguagem de verbos impessoais ou de epítetos indeclináveis. Assim foram morrendo os dias e com os dias os anos, mas alguma coisa parecida à felicidade ocorreu uma manhã. Choveu, com poderosa lentidão.

As noites do deserto podem ser frias, mas aquela havia sido um fogo. Sonhei que um rio da Tessália (a cujas águas eu restituíra um peixe de ouro) vinha me resgatar; sobre a rubra areia e a negra pedra eu o ouvia aproximar-se; o frescor do ar e o burburinho agitado da chuva me acordaram. Corri nu para recebê-la. Declinava a noite; sob nuvens amarelas a tribo, não menos feliz que eu, oferecia-se ao vívido aguaceiro numa espécie de êxtase. Pareciam coribantes possuídos pela divindade. Argos, com os olhos postos na esfera, gemia; caudais lhe rolavam pelo rosto; não só de água, mas (soube depois) de lágrimas. "Argos", gritei, "Argos."

Então, com mansa surpresa, como se descobrisse uma coisa perdida e esquecida há muito tempo, Argos balbuciou estas palavras: "Argos, cão de Ulisses". E depois, também sem olhar para mim: "Este cão deitado no esterco".

Facilmente aceitamos a realidade, talvez por intuir que nada é real. Perguntei-lhe o que sabia da *Odisseia*. A prática do grego lhe era penosa; tive de repetir a pergunta.

"Muito pouco", disse. "Menos que o mais pobre dos rapsodos. Já terão passado mil e cem anos desde que a inventei."

IV

Tudo ficou elucidado naquele dia. Os trogloditas eram os Imortais; o riacho de águas arenosas, o rio que o cavaleiro procurava. Quanto à cidade cujo renome se propalara até o Ganges, nove séculos faria que os Imortais a tinham arrasado. Com as relíquias de sua ruína ergueram, no mesmo lugar, a cidade desatinada que eu percorri: espécie de paródia ou reverso e também templo dos deuses irracionais que manejam o mundo e de quem nada sabemos, exceto que não se parecem com o homem. Aquela fundação foi o último símbolo a que condescenderam os Imortais; marca uma etapa em que, julgando que todo empreendimento é inútil, decidiram viver no pensamento, na pura especulação. Ergueram a obra, esqueceram-na e foram morar nas covas. Absortos, quase não percebiam o mundo físico.

Essas coisas foram relatadas por Homero, como quem fala com um menino. Ele também me relatou sua velhice e a derradeira viagem que empreendeu, movido, como Ulisses, pelo propósito de chegar aos homens que não sabem o que é o mar nem comem carne temperada com sal nem suspeitam o que seja um remo. Viveu um século na Cidade dos Imortais. Quando a derrubaram, aconselhou a fundação da outra. Isso não deve nos surpreender; consta que, depois de cantar a guerra de Ílion, cantou a guerra das rãs e dos ratos. Foi como um deus que criasse o cosmos e depois o caos.

Ser imortal é insignificante; exceto o homem, todas as criaturas o são, pois ignoram a morte; o divino, o terrível, o incompreensível, é se saber imortal. Notei que, apesar das religiões, essa convicção é raríssima. Israelitas, cristãos e muçulmanos professam a imortalidade, mas a veneração que tributam ao primeiro século prova que somente creem nele, uma vez que destinam todos os demais, em número infinito, a premiá-lo ou a castigá-lo. Mais razoável me parece a roda de certas religiões do Hindustão; nessa roda, que não tem princípio nem fim, cada vida é efeito da anterior e engendra a seguinte, mas nenhuma determina o conjunto... Doutrinada por um exercício de séculos, a república de homens imortais atingira a perfeição da tolerância e quase do desdém. Sabia que num prazo infinito a todo homem acontecem todas as coisas. Por suas virtudes passadas ou futuras, todo homem é credor de toda bondade, mas também de toda traição, por suas infâmias do passado ou do futuro. Assim como nos jogos de azar as cifras pares e as cifras ímpares tendem ao equilíbrio, do mesmo modo também se anulam e se corrigem o engenho e a estupidez, e talvez o rústico *Poema do Cid* seja o contrapeso exigido por um único epíteto das *Églogas* ou por uma sentença de Heráclito. O pensamento mais fugaz obedece a um desenho invisível e pode coroar, ou inaugurar, uma forma secreta. Sei de quem praticasse o mal para que nos séculos futuros resultasse o bem, ou tivesse resultado nos já pretéritos... Encarados assim, todos os nossos atos são justos, mas também são indiferentes. Não há méritos morais ou intelectuais. Homero compôs a *Odisseia*; postulado um prazo infinito, com infinitas circunstâncias e mudanças, o impossível é não compor, nem uma única vez, a *Odisseia*. Ninguém é alguém, um único homem imortal é todos os homens. Como Cornélio Agrippa, sou deus, sou herói, sou filósofo, sou demônio e sou mundo, o que é uma cansativa maneira de dizer que não sou.

O conceito do mundo como sistema de precisas compensações influiu vastamente nos Imortais. Em primeiro lugar, tornou-os invulneráveis à piedade. Mencionei as antigas pedreiras que irrompiam nos campos da outra margem; um homem despencou na mais funda; não podia se ferir nem morrer, mas a sede o abrasava; até que lhe atirassem uma corda passaram setenta anos. O próprio destino também não tinha interesse. O corpo era um submisso animal doméstico e lhe bastava, todo mês, a esmola de algumas horas de sono, de um pouco de água e de um naco de carne. Que ninguém queira nos rebaixar a ascetas. Não há prazer mais complexo que o pensamento e a ele nos entregávamos. Às vezes, um estímulo extraordinário nos restituía ao mundo físico. Por exemplo, naquela manhã, o velho prazer elementar da chuva. Esses lapsos eram raríssimos; todos os Imortais eram capazes de perfeita quietude; lembro-me de um que jamais vi de pé: um pássaro fizera ninho em seu peito.

Entre os corolários da doutrina de que não há coisa que não seja compensada por outra, existe um de pouquíssima importância teórica mas que nos induziu, no fim ou no início do século X, a nos dispersarmos pela face da Terra. Cabe nestas palavras: "Existe um rio cujas águas dão a imortalidade; em alguma região haverá outro cujas águas a apaguem". O número de rios não é infinito; um viajante imortal que percorrer o mundo acabará, algum dia, por ter bebido de todos. Propusemo-nos descobrir aquele rio.

A morte (ou sua alusão) torna preciosos e patéticos os homens. Estes comovem por sua condição de fantasmas; cada ato que executam pode ser o último; não há rosto que não esteja por se dissipar como o rosto de um sonho. Tudo, entre os mortais, tem o valor do irrecuperável e do casual. Entre os Imortais, por sua vez, cada ato (e cada pensamento) é o eco de outros que no passado o antecederam, sem princípio visível, ou o fiel presságio de outros que no futuro o repetirão até a vertigem. Não há coisa que não esteja como que perdida entre incansáveis espelhos. Nada pode acontecer uma única vez, nada é preciosamente precário. O elegíaco, o grave, o cerimonioso não contam para os Imortais. Homero e eu nos separamos nas portas de Tânger; creio que não nos dissemos adeus.

V

Percorri novos reinos, novos impérios. No outono de 1066 militei na ponte de Stamford, já não me lembro se nas fileiras de Harold, que não tardou a encontrar seu destino, ou nas daquele infausto Harald Hardrada, que conquistou seis pés de terra inglesa, ou um pouco mais. No século VII da Hégira, no arrabalde de Bulaq, transcrevi com pausada caligrafia, num idioma que esqueci, num alfabeto que ignoro, as sete viagens de Simbad e a história da Cidade de Bronze. Num pátio da prisão de

Samarcanda joguei muitíssimo xadrez. Em Bikanir professei a astrologia e também na Boêmia. Em 1638 estive em Kolozsvár e depois em Leipzig. Em Aberdeen, em 1714, subscrevi para os seis volumes da *Ilíada* de Pope; sei que os frequentei com deleite. Por volta de 1729 discuti a origem desse poema com um professor de retórica, chamado, creio, Giambattista; suas razões me pareceram irrefutáveis. No dia 4 de outubro de 1921, o *Patna*, que me conduzia a Bombaim, teve de ancorar num porto da costa eritreia.[1] Desci; lembrei-me de outras manhãs muito antigas, também defronte do mar Vermelho; quando eu era tribuno de Roma e a febre e a magia e a inação consumiam os soldados. Nos arredores vi um riacho de água clara; provei-a, levado pelo costume. Ao galgar a margem, uma árvore espinhosa me feriu o dorso da mão. A dor inusitada me pareceu muito viva. Incrédulo, silencioso e feliz, contemplei a preciosa formação de uma lenta gota de sangue. De novo sou mortal, repeti para mim mesmo, de novo me pareço com todos os homens. Naquela noite, dormi até o amanhecer.

... Revisei, depois de um ano, estas páginas. Estou seguro de que correspondem à verdade, mas nos primeiros capítulos, e mesmo em certos parágrafos dos demais, creio perceber algo falso. É o resultado, talvez, do abuso de traços circunstanciais, procedimento que aprendi com os poetas e que contamina tudo de falsidade, uma vez que esses traços podem ser abundantes nos fatos, mas não em sua lembrança... Creio, todavia, ter descoberto uma razão mais íntima. Vou escrevê-la; não importa que me julguem fantástico.

1 Há uma rasura no manuscrito; talvez o nome do porto tenha sido apagado.

"A história que contei parece irreal porque nela se misturam os acontecimentos de dois homens diferentes." No primeiro capítulo, o cavaleiro quer saber o nome do rio que banha as muralhas de Tebas; Flamínio Rufo, que anteriormente deu à cidade o epíteto de Hecatômpilos, diz que o rio é o Egito; nenhuma dessas locuções é adequada a ele, mas, sim, a Homero, que faz menção expressa, na *Ilíada*, de Tebas Hecatômpilos, e na *Odisseia*, pela boca de Proteu e de Ulisses, diz invariavelmente Egito em vez de Nilo. No segundo capítulo, o romano, ao beber a água imortal, pronuncia algumas palavras em grego; essas palavras são de Homero e podem ser encontradas no fim do famoso catálogo das naves. Depois, no vertiginoso palácio, fala de "uma reprovação que era quase um remorso"; essas palavras correspondem a Homero, que projetara esse horror. Tais anomalias me inquietaram; outras, de ordem estética, permitiram-me descobrir a verdade. O último capítulo as inclui; ali está escrito que militei na ponte de Stamford, que transcrevi, em Bulaq, as viagens de Simbad, o Marujo, e que subscrevi, em Aberdeen, para a *Ilíada* inglesa de Pope. Lê-se, *inter alia*: "Em Bikanir professei a astrologia e também na Boêmia". Nenhum desses testemunhos é falso; o significativo é o fato de tê-los destacado. O primeiro de todos parece convir a um homem de guerra, mas depois se nota que o narrador não repara no bélico, e sim na sorte dos homens. Os seguintes são mais curiosos. Uma obscura razão elementar me obrigou a registrá-los; eu o fiz porque sabia que eram patéticos. Não o são, ditos pelo romano Flamínio Rufo. São, ditos por Homero; é estranho que este copie, no século XIII, as aventuras de Simbad, de outro Ulisses, e descubra, depois de muitos séculos, num reino boreal e num idioma bárbaro, as formas de sua *Ilíada*. Quanto à oração que recolhe o nome de Bikanir, vê-se que foi fabricada por um homem de letras, desejoso (como o autor do catálogo das naves) de exibir vocábulos esplêndidos.[2]

Quando o fim se aproxima, já não restam imagens da recordação; só restam palavras. Não é estranho que o tempo tenha confundido as que certa vez me representaram com as que foram símbolos do destino de quem me acompanhou por tantos séculos. Eu fui Homero; em breve, serei Ninguém, como Ulisses; em breve serei todos: estarei morto.

Pós-escrito de 1950. Entre os comentários que a publicação anterior despertou, o mais curioso, ainda que não o mais urbano, intitula-se, biblicamente, *A Coat of Many Colours* (Manchester, 1948) e é obra da tenacíssima pena do doutor Nahum Cordovero. Abrange umas cem páginas. Fala dos centões gregos, dos centões da baixa latinidade, de Ben Jonson, que definiu seus contemporâneos com fragmentos de Sêneca, do *Virgilius evangelizans* de Alexander Ross, dos artifícios de George Moore e de Eliot e, finalmente, da "narração atribuída ao antiquário Joseph Cartaphilus". Denuncia, no primeiro capítulo, breves interpolações de Plínio (*Historia naturalis*, v, 8); no segundo, de Thomas

2 Ernesto Sabato sugere que o "Giambattista" que discutiu a formação da *Ilíada* com o antiquário Cartaphilus seja Giambattista Vico; esse italiano afirmava que Homero é um personagem simbólico, à maneira de Plutão ou de Aquiles.

de Quincey (*Writings*, III, 439); no terceiro, de uma epístola de Descartes ao embaixador Pierre Chanut; no quarto, de Bernard Shaw (*Back to Methuselah*, V). Infere dessas intrusões, ou furtos, que todo o documento é apócrifo.

A meu ver, a conclusão é inadmissível. "Quando o fim se aproxima", escreveu Cartaphilus, "já não sobram imagens da recordação; só restam palavras." Palavras, palavras deslocadas e mutiladas, palavras de outros, foi a pobre esmola que lhe deixaram as horas e os séculos.

para Cecilia Ingenieros

o fim

Recabarren, deitado, entreabriu os olhos e viu o forro oblíquo de junco. Do outro cômodo, chegava o rasqueado de um violão, uma espécie de pobríssimo labirinto que se enredava e desatava infinitamente... Recobrou pouco a pouco a realidade, as coisas cotidianas que nunca trocaria por outras. Olhou sem pena o seu corpo grande e inútil, o poncho de lã ordinária que lhe envolvia as pernas. Fora, além das barras da janela, estendiam-se a planície e a tarde; tinha dormido, mas ainda restava muita luz no céu. Com o braço esquerdo tateou, até dar com uma sineta de bronze que estava ao pé do catre. Agitou-a uma ou duas vezes; do outro lado da porta continuavam chegando até ele os modestos acordes. O tocador era um preto que havia aparecido uma noite com pretensões a cantor e provocara outro forasteiro para um longo desafio de improviso. Vencido, continuava frequentando a venda, como se esperasse alguém. Passava as horas com o violão, mas não voltara a cantar; é provável que a derrota o tivesse magoado. As pessoas já iam se acostumando com aquele homem inofensivo. Recabarren, dono do armazém, não poderia esquecer o desafio; no dia seguinte, ao arrumar umas partidas de erva-mate, seu lado direito ficara repentinamente paralisado e perdera a fala. À força de sentirmos piedade dos heróis de romance, acabamos sentindo excessiva piedade de nossas próprias desgraças; não assim o sofrido Recabarren, que aceitou a paralisia como antes aceitara o rigor e as solidões da América. Habituado a viver no presente, como os animais, agora olhava para o céu e pensava que o círculo vermelho ao redor da lua era sinal de chuva.

Um menino com traços de índio (filho dele, talvez) entreabriu a porta. Recabarren perguntou-lhe com os olhos se havia algum freguês. O menino, taciturno, disse-lhe por sinais que não; o preto não contava. O homem prostrado ficou sozinho; sua mão esquerda brincou algum tempo com o cincerro, como se exercesse um poder.

A planície, sob o último sol, era quase abstrata, como se vista num sonho. Um ponto agitou-se no horizonte e cresceu até virar um cavaleiro, que vinha, ou parecia vir, para a casa. Recabarren viu o chapelão, o longo poncho escuro, o cavalo mouro, mas não a cara do homem que, por fim, reteve o galope e veio se aproximando a trote lento. A umas duzentas varas, virou. Recabarren não o viu mais, mas ouviu-o resmungar, apear, amarrar o cavalo ao palanque e entrar com passo firme na venda.

Sem erguer os olhos do instrumento, em que parecia procurar alguma coisa, o preto disse com doçura:

— Eu bem sabia que podia contar com o senhor.

E o outro, com voz áspera, retrucou:

— E eu com você, moreno. Eu o fiz esperar uma porção de dias, mas aqui estou.

Houve um silêncio. Por fim, o preto respondeu:

— Estou ficando acostumado a esperar. Esperei sete anos.

O outro explicou sem pressa:

— Passei mais de sete anos sem ver meus filhos. Encontrei com eles aquele dia e não quis me mostrar como homem que anda por aí dando punhaladas.

— Já estou sabendo — disse o preto. — Espero que tenham ficado com saúde.

O forasteiro, que tinha sentado no balcão, riu com vontade. Pediu uma cachaça e provou-a sem terminá-la.

— Dei bons conselhos para eles — declarou —, que nunca são demais e não custam nada. Disse, entre outras coisas, que o homem não deve derramar sangue do homem.

Um lento acorde precedeu a resposta do preto:

— Fez bem. Assim não vão parecer com a gente.

— Pelo menos não comigo — disse o forasteiro. E acrescentou como se pensasse em voz alta: — Meu destino quis que eu matasse e agora, outra vez, me põe a faca na mão.

O preto, como se não ouvisse, observou:

— No outono os dias vão ficando mais curtos.

— A luz que sobra me basta — replicou o outro, pondo-se de pé.

Tomou posição diante do preto e disse-lhe, como que cansado:

— Deixe em paz o violão, que hoje o espera outra espécie de desafio.

Os dois encaminharam-se para a porta. O preto, ao sair, murmurou:

— Eu vou me dar tão mal neste, talvez, como no primeiro.

O outro contrapôs com seriedade:

— No primeiro você não se deu mal. O que aconteceu é que você andava com vontade de chegar até o segundo.

Afastaram-se um tanto das casas, caminhando lado a lado. Qualquer lugar da planície era igual a outro e a lua resplandecia. De repente se olharam, pararam e o forasteiro tirou as esporas. Já estavam com o poncho no antebraço, quando o preto disse:

— Quero lhe pedir uma coisa antes que a gente se embole. Que neste encontro o senhor ponha toda a sua coragem e toda a sua esperteza, como naquele outro de sete anos atrás, quando matou meu irmão.

Quem sabe pela primeira vez em seu diálogo, Martín Fierro tenha ouvido o ódio. Sentiu no sangue, feito um acicate. Entreveraram-se, e o aço afiado faiscou e marcou a cara do preto.

Há uma hora da tarde em que a planície está a ponto de dizer alguma coisa; nunca o diz ou talvez o diga infinitamente e não entendemos, ou entendemos mas é intraduzível como uma música... Do catre, Recabarren viu o fim. Uma investida e o preto recuou, perdeu pé, ameaçou um golpe no rosto e se esticou numa punhalada profunda, que penetrou na barriga. Depois veio outra, que o dono da venda não chegou a divisar, e Fierro não se levantou. Imóvel, o preto parecia vigiar sua custosa agonia. Limpou o facão ensanguentado no pasto e voltou para as casas com lentidão, sem olhar para trás. Cumprida sua tarefa de justiceiro, agora era ninguém. Melhor dizendo, era o outro: não tinha destino sobre a Terra e matara um homem.

a outra morte

Deve fazer um par de anos (eu perdi a carta) que Gannon me escreveu de Gualeguaychú, anunciando o envio de uma tradução, talvez a primeira espanhola, do poema "The Past", de Ralph Waldo Emerson; num pós-escrito, ele acrescentava que dom Pedro Damián, de quem eu deveria guardar alguma lembrança, tinha morrido noites antes, de uma congestão pulmonar. O homem, arrasado pela febre, revivera num delírio a sangrenta jornada de Masoller; a notícia me pareceu previsível e até convencional, porque dom Pedro, aos dezenove ou vinte anos, seguira as bandeiras de Aparicio Saravia. A revolução de 1904 pegou-o numa estância de Río Negro ou Paysandú, onde trabalhava como peão; Pedro Damián era entrerriano, de Gualeguay, mas foi para onde foram seus amigos, tão corajoso e tão ignorante como eles. Combateu em alguma escaramuça e na derradeira batalha; repatriado em 1905, retomou com humilde tenacidade as lides do campo. Que eu saiba, não voltou a deixar sua província. Passou os últimos trinta anos num lugar muito isolado, a uma ou duas léguas do Ñancay; naquele desamparo, conversei com ele uma tarde (tentei conversar com ele uma tarde), por volta de 1942. Era homem taciturno, de poucas luzes. O som e a fúria de Masoller esgotavam sua história; não me surpreendeu que os revivesse, na hora da morte... Soube que não veria mais Damián e quis rememorá-lo; tão pobre é minha memória visual que só recordei uma fotografia que Gannon tirou dele. O fato nada tem de singular, se considerarmos que vi o homem no início de 1942, uma única vez, e o retrato, muitíssimas. Gannon me mandou aquela foto; eu a perdi e já não a procuro. Teria medo de encontrá-la.

O segundo episódio aconteceu em Montevidéu, meses mais tarde. A febre e a agonia do entrerriano sugeriram-me uma narrativa fantástica sobre a derrota de Masoller; Emir Rodríguez Monegal, a quem relatei o argumento, deu-me algumas linhas para o coronel Dionisio Tabares, que participara daquela campanha. O coronel me recebeu depois do jantar. Numa poltrona basculante, num pátio, recordou com desordem e amor os tempos passados. Falou de munições que não chegaram e de cavalos exaustos, de homens sonolentos e terrosos tecendo marchas labirínticas, de Saravia, que podia ter entrado em Montevidéu e que se desviou; "porque o *gaucho* tem medo da cidade", de homens degolados até a nuca, de uma guerra civil que me pareceu menos o choque de dois exércitos que o sonho de um bandoleiro. Falou de Illescas, de Tupambaé, de Masoller. Falou com frases tão cabais e de um modo tão vívido, que compreendi que contara muitas vezes as mesmas coisas, e temi que detrás de suas palavras quase não restassem lembranças. Numa pausa consegui intercalar o nome de Damián.

— Damián? Pedro Damián? — disse o coronel. — Esse serviu comigo. Um indiozinho a quem os rapazes chamavam de Daymán. — Iniciou uma sonora gargalhada e interrompeu-a de imediato, por incômodo real ou fingido.

Com outra voz disse que a guerra servia, como a mulher, para pôr à prova os homens e que, antes de entrar na batalha, ninguém sabia quem é. Alguém pode se julgar covarde e ser um valente, e da mesma forma o contrário, como aconteceu com aquele pobre Damián, que andou contando bravata nas vendas com sua divisa *blanca* e depois fraquejou em Masoller. Em algum tiroteio com os *zumacos* se portou como homem, mas foi outra coisa quando os exércitos se enfrentaram e começou o canhoneio e cada homem sentiu que cinco mil homens haviam se coligado para matá-lo. Pobre guri, que antes vivia lavando ovelhas e de repente foi arrastado por aquela patriotada...

De forma absurda, a versão de Tabares me envergonhou. Eu teria preferido que os fatos não tivessem acontecido assim. Com o velho Damián, entrevisto uma tarde, há tantos anos, eu fabricara, sem nenhuma intenção, uma espécie de ídolo; a versão de Tabares o destroçava. Compreendi, de súbito, a reserva e a obstinada solidão de Damián; não haviam sido ditadas pela modéstia, mas pela vergonha. Em vão repeti para mim mesmo que um homem acossado por um ato de covardia é mais complexo e mais interessante que um homem meramente corajoso. O *gaucho* Martín Fierro, pensei, é menos memorável que Lorde Jim ou Razumov. Sim, mas Damián, como *gaucho*, tinha obrigação de ser Martín Fierro — sobretudo diante de *gauchos* uruguaios. No que Tabares disse e não disse percebi o sabor agreste do que se chamava artiguismo: a consciência (talvez incontestável) de que o Uruguai é mais elementar que nosso país e, portanto, mais bravo... Recordo que naquela noite nos despedimos com exagerada efusão.

No inverno, a falta de uma ou duas circunstâncias para minha narrativa fantástica (que desajeitadamente se obstinava em não dar com sua forma) me fez voltar à casa do coronel Tabares. Encontrei-o com outro senhor de idade: o doutor Juan Francisco Amaro, de Paysandú, que também militara na revolução de Saravia. Falamos, previsivelmente, de Masoller. Amaro relatou algumas histórias e depois acrescentou com lentidão, como quem pensa em voz alta:

— Pernoitamos em Santa Irene, me lembro, e algumas pessoas se juntaram a nós. Entre elas, um veterinário francês que morreu na véspera da ação, e um jovem tosquiador, de Entre Ríos, um tal de Pedro Damián.

Interrompi-o com azedume.

— Já sei — disse-lhe. — O argentino que fraquejou diante das balas.

Detive-me; os dois me olhavam perplexos.

— O senhor está enganado — disse, por fim, Amaro. — Pedro Damián morreu como todo homem gostaria de morrer. Era por volta das quatro da tarde. No alto da coxilha a infantaria *colorada* tinha se tornado forte; os nossos a atacaram, com lança; Damián ia na frente, gritando, e uma bala acertou-o em cheio no peito. Quedou nos estribos, concluiu o grito e rolou por terra e foi parar entre as patas dos cavalos. Estava morto e a última carga de Masoller passou por cima dele. Tão valente e não tinha completado vinte anos.

Falava, sem dúvida, de outro Damián, mas alguma coisa me fez perguntar que gritava o guri.

— Palavrões — disse o coronel —, que é o que se grita nas cargas.

— Pode ser — disse Amaro —, mas também gritou: "Viva Urquiza!".

Ficamos calados. Afinal, o coronel murmurou:

— Não como se lutasse em Masoller, mas sim em Cagancha ou India Muerta, deve fazer um século.

Acrescentou com sincera perplexidade:

— Eu comandei aquelas tropas, e juraria que é a primeira vez que ouço falar de um Damián.

Não conseguimos lograr que o recordasse.

Em Buenos Aires, a estupefação que o esquecimento dele me causou se repetiu. Diante dos onze deleitáveis volumes das obras de Emerson, no porão da livraria inglesa de Mitchell, encontrei, certa tarde, Patricio Gannon. Perguntei-lhe pela tradução de "The Past". Disse que não pensava traduzi-lo e que a literatura espanhola era tão tediosa que dispensava Emerson. Lembrei-lhe que me prometera essa versão na mesma carta em que me escreveu sobre a morte de Damián. Perguntou quem era Damián. Disse-lhe, em vão. Com um princípio de terror me dei conta de que me ouvia com estranheza, e busquei amparo numa discussão literária sobre os detratores de Emerson, poeta mais complexo, mais destro e sem dúvida mais singular que o infeliz Poe.

Devo registrar mais alguns fatos. Em abril recebi carta do coronel Dionisio Tabares; este já não estava ofuscado e agora se lembrava muito bem do entrerriano que ia na ponta da carga de Masoller e que naquela noite seus homens enterraram, ao pé da coxilha. Em julho passei por Gualeguaychú; não dei com o rancho de Damián, de quem já ninguém se lembrava. Quis saber do campeiro Diego Abaroa, que o viu morrer; ele falecera antes do inverno. Quis rememorar os traços de Damián; meses mais tarde, folheando alguns álbuns, constatei que o rosto sombrio que eu tinha conseguido evocar era o do célebre tenor Tamberlick, no papel de Otelo.

Passo agora às conjecturas. A mais fácil, mas também a menos satisfatória, postula dois Damians: o covarde, que morreu em Entre Ríos por volta de 1946; o valente, que morreu em Masoller em 1904. Seu defeito consiste em não explicar o realmente enigmático: os curiosos vaivéns da memória do coronel Tabares, o esquecimento que anula em tão pouco tempo a imagem e até o nome daquele que voltou. (Não aceito, não quero aceitar, uma conjectura mais simples: a de eu ter sonhado o primeiro.) Mais curiosa é a conjectura sobrenatural ideada por Ulrike von Kühlmann. Pedro Damián, dizia Ulrike, pereceu na batalha, e na hora de sua morte suplicou a Deus que o fizesse voltar a Entre Ríos. Deus vacilou um segundo antes de conceder a graça, e quem a pediu já estava morto, e alguns homens já o tinham visto cair. Deus, que não pode mudar o passado mas pode mudar as imagens do passado, transformou a imagem da morte na de um desfalecimento, e a sombra do entrerriano voltou à sua terra. Voltou, mas devemos lembrar sua condição de sombra. Viveu na solidão, sem mulher, sem amigos; tudo amou e tudo possuiu, mas de longe, como que do outro lado de um vidro; "morreu", e sua tênue imagem se perdeu, feito água na água. Essa conjectura é errônea, mas terá me sugerido a verdadeira (a que hoje tenho por verdadeira), que é ao mesmo tempo mais simples e mais inaudita. Descobri-a de um modo quase mágico no tratado *De omnipotentia*, de Pier Damiani, a cujo estudo fui levado por dois versos do canto XXI do *Paradiso*, que colocam precisamente um problema de identidade. No capítulo V daquele tratado, Pier Damiani sustenta, contra Aristóteles e Fredegar de Tours, que Deus pode fazer que o que um dia foi não tenha sido. Li aquelas velhas discussões teológicas e comecei a compreender a trágica história de dom Pedro Damián.

Adivinho-a assim. Damián se portou como um covarde no campo de Masoller, e dedicou a vida a corrigir essa vergonhosa fraqueza. Voltou a Entre Ríos; não levantou a mão para nenhum homem, não *marcou* ninguém, não buscou fama de valente, mas nos campos do Ñancay se tornou duro, lidando com a terra e a criação chucra. Foi preparando, sem dúvida sem saber, o milagre. Pensou no mais fundo: se o destino me trouxer outra batalha, saberei merecê-la. Durante quarenta anos aguardou-a com obscura esperança, e o destino enfim a trouxe, na hora de sua morte. Trouxe-a na forma de delírio, mas já os gregos sabiam que somos as sombras de um sonho. Na agonia reviveu a batalha, e se portou como homem e encabeçou a carga final e uma bala o acertou em cheio no peito. Assim, em 1946, por obra de uma longa paixão, Pedro Damián morreu na derrota de Masoller, que aconteceu entre o inverno e a primavera de 1904.

Na *Suma teológica* nega-se que Deus possa fazer que o passado não tenha sido, mas nada se diz da intrincada concatenação de causas e efeitos, que é tão vasta e tão íntima que talvez não se pudesse anular *um único* fato remoto, por insignificante que fosse, sem invalidar o presente. Modificar o passado não é modificar um fato só; é anular suas consequências, que tendem a ser infinitas. Dizendo com outras palavras: é criar duas histórias universais. Na primeira (digamos), Pedro Damián morreu em Entre Ríos, em 1946; na segunda, em Masoller, em 1904. Esta é a que vivemos agora, mas a supressão daquela não foi imediata e produziu as incoerências que relatei. No coronel Dionisio Tabares cumpriram-se as diversas etapas: no início recordou que Damián agiu como um covarde; depois, esqueceu totalmente; em seguida, recordou sua morte impetuosa. Não menos corroborativo é o caso do campeiro Abaroa; este morreu, entendo, porque tinha demasiadas lembranças de dom Pedro Damián.

Quanto a mim, penso não correr perigo análogo. Adivinhei e registrei um processo inacessível aos homens, uma espécie de escândalo da razão; mas algumas circunstâncias mitigam esse temível privilégio. Por ora, não estou certo de ter escrito sempre a verdade. Suspeito que em minha narrativa haja falsas lembranças. Suspeito que Pedro Damián (se existiu) não se chamou Pedro Damián, e que eu o lembro com esse nome para algum dia acreditar que sua história me tenha sido sugerida pelos argumentos de Pier Damiani. Algo parecido acontece com o poema que mencionei no primeiro parágrafo e que versa sobre a irrevocabilidade do passado. Por volta de 1951 acreditarei ter elaborado um conto fantástico e terei historiado um fato real; também o inocente Virgílio, faz quiçá dois mil anos, pensou anunciar o nascimento de um homem e vaticinava o de Deus.

Pobre Damián! A morte levou-o aos vinte anos numa triste guerra ignorada e numa batalha caseira, mas conseguiu o que seu coração almejava, e tardou muito a conseguir, e talvez não haja felicidade maior.

homem da esquina rosada

para Enrique Amorim

Logo pra mim, virem falar do finado Francisco Real. Eu o conheci, e isso que estes não eram os bairros dele, pois costumava andar pelo norte, por aquelas bandas da lagoa de Guadalupe e da Bateria. Não tratei com ele mais de três vezes, e essas na mesma noite, mas é noite que não vou esquecer, pois nela veio a Lujanera, por querer, dormir no meu rancho, e Rosendo Juárez deixou, pra nunca mais voltar, o Arroio. Aos senhores, claro que falta a devida experiência pra reconhecer esse nome, mas Rosendo Juárez, o Pegador, era dos que cantavam mais grosso lá na Villa Santa Rita. Moço tido e havido por bamba com a faca, era um dos homens de dom Nicolás Paredes, que era um dos homens de Morel. Sabia dar as caras com muita panca no conventilho, num murzelo com enfeites de prata; homens e cachorros o respeitavam e as chinas também; ninguém ignorava que devia duas mortes; usava um chapelão alto, de aba fininha, sobre a cabeleira gordurosa; a sorte o mimava, como quem diz. Nós, os moços da Villa, o copiávamos até no jeito de cuspir. Uma noite, porém, ilustrou pra nós a verdadeira natureza de Rosendo.

Parece conto, mas a história daquela noite mais do que esquisita começou com um carro de praça insolente com rodas encarnadas, cheio até o tope de homens, que ia aos solavancos por aqueles becos de barro duro, entre os fornos de tijolos e os terrenos baldios, e dois de preto, dá-lhe violão e zoada, e o da boleia que dava uma guasca na cachorrada solta que atravessava na frente do tordilho, e um de poncho que ia quieto no meio; aquele era o Curraleiro de tanto nome, e o homem ia pra brigar e matar. A noite era uma bênção de tão fresca; dois deles iam sobre a capota arriada, como se a solidão fosse um corso. Aquele foi o primeiro sucedido de tantos que houve, mas só depois é que ficamos sabendo. Nós, os rapazes, estávamos desde cedo no salão da Julia, que era um galpão de chapas de zinco, entre o caminho de Gauna e o Maldonado. Era um local que o senhor podia divulgar de longe, pela roda de luz que mandava o lampião sem-vergonha, e pelo barulho também. A Julia, embora de cor humilde, era das mais conscientes e sérias, de modo que não faltava quem tocasse música nem boa beberagem e parceiras resistentes pro baile. Mas a Lujanera, que era a mulher de Rosendo, dava em todas com sobra. Morreu, senhor, e digo que há anos em que nem penso nela, mas era preciso vê-la em seus dias, com aqueles olhos. Vê-la não dava sono.

A cachaça, a milonga, o mulherio, um palavrão condescendente da boca de Rosendo, uma palmada dele num montão de gente e que eu procurava sentir como amizade: a questão é que eu estava feliz da vida. Pra mim tocou uma parceira das melhores pra acompanhar, que ia como que adivinhando minha intenção. O tango fazia o que queria com a gente e nos arrastava e nos perdia e voltava a nos ordenar e juntar. Naquela diversão estavam os homens, a mesma coisa que num sonho, quando de repente a música me pareceu aumentar, e era que já se embolava com ela a dos guitarristas do carro, cada vez mais perto. Depois, a brisa que a trouxe enveredou pra outro rumo, e voltei a prestar atenção no meu corpo e no da parceira e nas conversações do baile. Muito depois, chamaram à porta com autoridade, uma pancada e uma voz. Em seguida, um silêncio geral, uma peitada poderosa na porta e o homem estava dentro. O homem era parecido com a voz.

Pra nós não era ainda Francisco Real, mas um sujeito alto, fornido, trajado inteiramente de preto, com uma *chalina** da cor de um baio jogada no ombro. A cara, lembro que era de índio, angulosa.

Ao se abrir, a folha da porta bateu em mim. Por pura afobação, caí em cima dele e lhe encaixei a esquerda na facha, enquanto com a direita sacava a faca afiada que carregava na cava do colete, junto do sovaco esquerdo. Pouco ia durar meu atropelo. O homem, pra se firmar, esticou os braços e me pôs de lado, como quem se livra de um estorvo. Deixou-me encolhido atrás, ainda com a mão debaixo do paletó, na arma inútil. Seguiu como se não fosse nada, adiante. Seguiu sempre mais alto que qualquer um dos que ia apartando, sempre como sem ver. Os primeiros — só uma italianada curiosa — abriram-se como leque, apressados. A coisa não durou. No amontoado seguinte já estava o Inglês à sua espera, e, antes de sentir no ombro a mão do forasteiro, colocou-a pra dormir com uma pranchada que tinha pronta. Foi verem

* Espécie de echarpe de lã que os homens usam sobre os ombros.

aquela pranchada, e já foram todos na fumaça dele. O estabelecimento tinha mais que muitas varas de fundo, e ele foi arrastado feito um cristo, quase de ponta a ponta, a empurrões, assovios e cuspidas. Primeiro lhe deram socos, depois, ao verem que nem aparava os golpes, simples bofetões com a mão aberta ou com a franja inofensiva das *chalinas*, como rindo dele. Também, como que o reservando pro Rosendo, que não tinha se mexido da parede do fundo, onde estava encostado, calado. Fumava com pressa seu cigarro, como se já entendesse o que vimos claro depois. O Curraleiro foi empurrado até ele, firme e ensanguentado, com aquela rajada de gentuça chiando atrás. Vaiado, maltratado, cuspido, só abriu a boca quando se encarou com Rosendo. Então olhou pra ele, limpou o rosto com o antebraço e disse estas coisas:

— Eu sou Francisco Real, um homem do Norte. Sou Francisco Real, que chamam de Curraleiro. Consenti a esses infelizes que me alçassem a mão porque o que estou procurando é um homem. Andam por aí uns loroteiros dizendo que nestas paragens há um, que chamam de Pegador, que tem fama de riscar a faca e de durão. Quero encontrá-lo pra que me ensine, a mim que sou nicles, o que é um homem de coragem de se ver.

Disse essas coisas e não tirou os olhos de cima dele. Agora lhe brilhava uma baita faca na mão direita, que na certa ele tinha trazido na manga. Ao redor os que empurraram foram se abrindo, e todos olhávamos para os dois, num silêncio grande. Até a fuça do mulato cego que tocava violino acatava esse rumo.

Nisso, ouço que se deslocavam atrás, e vejo junto da moldura da porta seis ou sete homens, que seriam a turma do Curraleiro. O mais velho, um homem com ar do interior, curtido, de bigode grisalho, adiantou-se para ficar como encadeado por tanto mulherio e tanta luz, e descobriu-se com respeito. Os outros vigiavam, prontos para entrar cortando se o jogo não fosse limpo.

Enquanto isso, o que acontecia com Rosendo, que não expulsava a pontapés aquele garganta? Continuava calado, sem erguer os olhos. O cigarro não sei se cuspiu ou deixou cair da cara. Afinal pôde dar com algumas palavras, mas tão devagar que para os da outra ponta do salão não chegou até nós o que disse. Francisco Real tornou a desafiá-lo, e ele a se negar. Então, o mais jovem dos estranhos assoviou. A Lujanera olhou pra ele com ódio, abriu passagem com a cabeleira nas costas, entre os do carro e as chinas, e foi no rumo do seu homem, meteu-lhe a mão no peito, sacou sua faca desembainhada e deu-a a ele com estas palavras:

— Rosendo, acho que você está precisando dela.

Na altura do teto havia uma espécie de janela comprida que dava pro riacho. Rosendo recebeu a faca com as duas mãos e botou os olhos nela como se não a reconhecesse. De repente se inclinou pra trás, e a faca voou direto e foi se perder lá fora, no Maldonado. Senti como um frio.

— Não te meto a faca só de nojo de te carnear — disse o outro, e levantou a mão pra castigá-lo. Então a Lujanera se agarrou nele, passou-lhe os braços pelo pescoço e, olhando pra ele com aqueles olhos, disse-lhe com raiva:

— Deixa esse aí que nos fez acreditar que era um homem.

Francisco Real ficou atrapalhado por um momento, mas em seguida a abraçou como pra sempre, gritando aos músicos que metessem tango e milonga e aos outros da diversão, que era pra gente dançar. A milonga correu solta como um incêndio de ponta a ponta. Real dançava com muita gravidade, mas sem deixar folga entre eles, como se já a possuísse. Chegaram à porta e gritou:

— Abram cancha, senhores, que eu já vou com ela dormida!

Disse, e saíram de rosto colado, como no marulhar do tango, como se o tango os deitasse a perder.

Devo ter ficado vermelho de vergonha. Dei algumas voltinhas com alguma mulher e logo a larguei. Inventei que era pelo calor e pelo aperto e fui beirando a parede até sair. Linda noite, pra quem? Na esquina do beco estava o carro de praça, com o par de violões tesos no assento, feito cristãos. Comecei a ficar chateado com tamanha falta de cuidado, como se nem pra catar bugigangas a gente prestasse. Fiquei com raiva de sentir que a gente era coisíssima nenhuma. Um piparote no cravo atrás de minha orelha e joguei-o num charquinho; fiquei um tempo olhando pra ele, como pra não pensar em mais nada. Eu teria gostado de estar no dia seguinte, queria cair fora daquela noite. Nisso, me deram uma cotovelada que foi quase um alívio. Era Rosendo, que se mandava do bairro, sozinho.

— Você sempre servindo de estorvo, seu traste — me resmungou ao passar, não sei se pra se desafogar, ou se distraído. Foi pro lado mais escuro, o do Maldonado; não tornei a vê-lo.

Fiquei olhando aquelas coisas da vida inteira — céu até dizer chega, o riacho porfiando solitário lá embaixo, um cavalo dormido, o beco de terra, os tijolos — e pensei que eu era apenas outro matinho daquelas beiras, criado entre flores do brejo e ossadas. Quem ia sair daquele lixo a não ser nós, gritalhões mas fracos pro castigo, boca e tropelia e nada mais? Senti depois que não; que, quanto mais aporrinhado o bairro, maior a obrigação de ser bravo. Lixo? A milonga — dá-lhe doideira, dá-lhe bochinche nas casas—, e trazia odor a madressilvas o vento. Linda até o cerne a noite. Havia estrelas de dar tontura só de olhar, umas sobre as outras. Eu fazia força pra sentir que pra mim o assunto nada representava, mas a covardia de Rosendo e a coragem insuportável do forasteiro não queriam me largar. Até uma mulher para aquela noite, o homem alto tinha podido arrumar. Para aquela e para muitas, pensei, e talvez pra todas, porque a Lujanera era coisa séria. Sabe Deus pra que lado foram. Muito longe não haviam de estar. Até mesmo, talvez, já andassem aprontando os dois, em qualquer valeta.

Quando consegui voltar, o baileco seguia em frente como se nada tivesse acontecido.

Bancando um menininho, enfiei-me no meio de um monte de gente e vi que alguns dos nossos tinham se mandado e que os do Norte tangueavam junto com os demais. Cotoveladas e encontrões não havia, mas receio e decência. A música parecia sonolenta, as mulheres que tangueavam com os do Norte não diziam esta boca é minha.

Eu esperava alguma coisa, mas não o que aconteceu.

Ouvimos lá fora uma mulher que chorava e depois a voz que já conhecíamos, mas serena, quase serena demais, como se já não fosse de alguém, dizendo-lhe:

— Entre, minha filha — e logo outro choro. Em seguida a voz como se começasse a se desesperar.

— Abra, estou lhe dizendo, abra, bastarda perdida, abra, cadela! — Nisso a porta trêmula se abriu e entrou a Lujanera, sozinha. Entrou mandada, como se alguém a viesse tocando.

— Alguma alma está mandando nela — disse o Inglês.

— Um morto, amigo — disse o Curraleiro. A cara era tal qual de bêbado. Entrou e, no claro que todos lhe abrimos, deu alguns passos cambaleantes — alto, sem ver — e foi ao chão de uma vez, como um poste. Um dos que vieram com ele o deitou de costas e acomodou o ponchinho feito seu travesseiro. Esses auxílios o deixaram sujo de sangue. Vimos então que tinha um ferimento forte no peito; o sangue encharcava-o e enegrecia um lenço vermelho vivo que antes eu não havia notado, porque a *chalina* o tapava. Como primeiro socorro, uma das mulheres trouxe cachaça e uns trapos queimados. O homem não estava pra explicações. A Lujanera olhava pra ele que nem perdida, com os braços pendentes. Todos estavam se perguntando com a cara, e ela conseguiu falar. Disse que, assim que saiu com o Curraleiro, foram a um campinho, e que nisso pinta um desconhecido que o chama desesperado pra briga e lhe enfia uma punhalada; ela jura que não sabe quem haveria de ser e que não era Rosendo. Quem ia acreditar nela?

O homem a nossos pés estava morrendo. Pensei que não havia tremido o pulso de quem o acertou. O homem, porém, era duro. Quando bateu a hora, a Julia tinha estado cevando uns mates e o mate deu a volta completa e voltou à minha mão, antes que ele falecesse. "Tapem meu rosto", disse devagar, quando não pôde mais. Só lhe restava o orgulho, e não ia consentir que ficassem xeretando as caretas de sua agonia. Alguém pôs em cima dele um chapelão preto que era de copa por demais de alta. Morreu debaixo do chapelão, sem queixa. Quando o peito deitado parou de subir e descer, animaram-se a descobri-lo. Tinha aquele ar cansado dos defuntos; era um dos homens de mais coragem que houve naquele então, da Bateria até o sul; quando o soube morto e sem fala, perdi o ódio dele.

— Para morrer basta estar vivo — disse uma do grupo, e outra, pensativa, também:

— Tanta soberba o homem, e agora só serve para juntar moscas.

Então os do Norte foram dizendo entre si uma coisa devagar, e dois ao mesmo tempo ficaram repetindo forte depois:

— A mulher o matou.

Um lhe gritou na cara se era ela, e todos a cercaram. Eu me esqueci que era preciso ter tino e me meti entre eles que nem a luz. Afobado, quase apelo pra faca. Senti que muitos me olhavam, pra não dizer todos. Disse quase com malícia:

— Prestem atenção nas mãos dessa mulher. Que pulso ou coração vai ter pra cravar uma punhalada?

Acrescentei, meio sem vontade, a bravata:

— Quem ia sonhar que o finado, que, conforme tem gente dizendo, era durão no bairro dele, fosse abotoar de forma tão bruta e num lugar tão completamente morto como este, onde nada acontece, se não vem alguém de fora para distrair a gente e fica pra cuspida depois?

O couro não ficou pedindo pancada a ninguém.

Nisso, ia crescendo na solidão um barulho de cavaleiros. Era a polícia. Uns mais, outros menos, todos tinham alguma razão pra não querer nada com ela, tanto que decidiram que o melhor era transladar o corpo do morto ao riacho. Os senhores devem estar lembrados daquela janela comprida por onde passou brilhando o punhal. Por lá passou depois o homem de preto. Foi erguido por muitos e de tudo quanto tinha em centavo e miudezas foi aligeirado por aquelas mãos e alguém lhe torou um dedo pra afanar um anel. Aproveitadores, senhor, que assim animavam um pobre defunto indefeso, depois que o acertou outro mais homem. Um empurrão e as águas correntosas e sofridas deram fim nele. Pra não boiar, não sei se lhe arrancaram as vísceras, porque preferi não olhar. O de bigode cinza não tirava os olhos de mim. A Lujanera aproveitou o aperto pra sair.

Quando os da lei vieram dar sua campana, o baile estava meio animado. O cego do violino sabia tirar umas *habaneras* das que não se ouvem mais. Lá fora estava querendo clarear. Uns postes de algarobo sobre um morro pareciam soltos, porque os fios fininhos não se deixavam avistar tão cedo.

Voltei quieto pro meu rancho, que ficava a umas três quadras. Ardia na janela uma luzinha, que se apagou logo em seguida. Deveras que me apressei em chegar, quando me dei conta. Então, Borges, tornei a puxar a faca curta e afiada que eu sabia carregar aqui, no colete, junto do sovaco esquerdo, e dei outra revisada nela devagar; estava como nova, inocente, e não restava nem um pingo de sangue.

a intrusa

2 Reis, I, 26

Dizem (o que é improvável) que a história foi contada por Eduardo, o mais novo dos Nelson, no velório de Cristián, o mais velho, falecido de morte natural, por volta de mil oitocentos e noventa e tantos, no município de Morón. A verdade é que alguém a ouviu de alguém, no decorrer daquela longa noite perdida, entre um mate e outro, e a repetiu a Santiago Dabove, por quem eu a soube. Anos mais tarde, ela de novo me foi contada em Turdera, onde havia acontecido. A segunda versão, um tanto mais prolixa, confirmava em suma a de Santiago, com pequenas variantes e divergências próprias do caso. Escrevo-a agora porque nela se cifra, se não me engano, um breve e trágico reflexo da índole dos antigos moradores dos subúrbios. Vou fazê-lo com probidade, mas prevejo desde já que cederei à tentação literária de acentuar ou acrescentar algum pormenor.

Em Turdera eram chamados os Nilsen. O pároco disse-me que seu predecessor recordava, não sem surpresa, ter visto na casa daquela gente uma Bíblia muito usada, de capa preta, em caracteres góticos; nas últimas páginas, entreviu datas e nomes manuscritos. Era o único livro que havia na casa. A incerta crônica dos Nilsen, perdida como tudo se perderá. O casarão, que já não existe, era de tijolo sem reboco; do corredor da entrada se podia divisar um pátio de lajotas vermelhas e outro de terra. Poucos, além do mais, entraram ali; os Nilsen defendiam sua solidão. Nos quartos desarrumados dormiam em catres; seus luxos eram o cavalo, os arreios, a adaga de folha curta, as vestimentas aparatosas dos sábados e o álcool arreliento. Sei que eram altos, de cabeleira arruivada. A Dinamarca ou a Irlanda, das quais nunca tinham ouvido falar, corriam no sangue daqueles crioulos. O bairro temia os dois Vermelhos; não é impossível que devessem alguma morte. Certa vez lutaram ombro a ombro com a polícia. Conta-se que o mais novo teve uma altercação com Juan Iberra, na qual não levou a pior, o que, segundo os entendidos, é muito. Foram tropeiros, quarteadores, ladrões de gado e, algumas vezes, trapaceiros. Tinham fama de avarentos, exceto quando a bebida e o jogo os tornavam generosos. De seus parentes nada se sabe, nem de onde vieram. Eram donos de uma carroça e de uma junta de bois.

Fisicamente diferiam da corja a quem a Costa Brava deve sua alcunha suspeita. Isso, e tudo o mais que ignoramos, ajuda a compreender o quanto foram unidos. Indispor-se com um deles era contar com dois inimigos.

Os Nilsen eram mulherengos, mas seus episódios amorosos tinham sido até então de portão de rua ou de casa de má fama. Não faltaram, pois, comentários quando Cristián levou Juliana Burgos para morar com ele. É fato que assim ganhava uma empregada, mas não é menos verdade que a cobriu de horrendas quinquilharias e que ela as exibia nas festas. Nas pobres festas de cortiço, onde a *quebrada* e o *corte*[*] eram proibidos e onde se dançava, ainda, com muito espaço entre os parceiros. Juliana tinha tez escura e os olhos rasgados; bastava que alguém a olhasse para ela sorrir. Num bairro modesto, onde o trabalho e a falta de cuidado desgastam as mulheres, não tinha má aparência.

No início, Eduardo os acompanhava. Em seguida, fez uma viagem a Arrecifes por não sei que negócio; na volta, levou para casa uma moça que tinha encontrado pelo caminho, mas poucos dias depois a mandou embora. Tornou-se mais retraído; embebedava-se sozinho na venda e não se dava com ninguém. Estava apaixonado pela mulher de Cristián. O bairro, que talvez tenha sabido antes dele, previu com maldosa alegria a rivalidade latente entre os irmãos.

Certa noite, ao voltar tarde do armazém da esquina, Eduardo viu o cavalo preto de Cristián amarrado no palanque. No pátio, o mais velho o estava esperando com seu melhor traje. A mulher ia e vinha com o mate na mão. Cristián disse a Eduardo:

— Estou indo para uma farra na casa do Farías. Deixo aqui pra você a Juliana; se quiser, pode abusar dela.

O tom era entre mandão e cordial. Eduardo ficou algum tempo olhando para ele; não sabia o que fazer. Cristián levantou-se, despediu-se de Eduardo, não de Juliana, que era uma coisa, montou no cavalo e saiu trotando, sem pressa.

Desde aquela noite a compartilharam. Ninguém saberá os pormenores daquela sórdida união que ultrajava a decência do arrabalde. O acerto foi bem por algumas

[*] *Quebrada* e *corte* são figuras da dança do tango, à maneira dos *compadritos*, com lentidão, parada e estreito enlace entre os parceiros. Houve época em que os dançarinos eram proibidos de dançar *sin luz*, ou seja, sem deixar uma brecha de luz, um espaço mínimo, entre os corpos.

semanas, mas não podia durar. Entre eles, os irmãos não pronunciavam o nome de Juliana, nem sequer para chamá-la, mas procuravam, e encontravam, motivos para não estar de acordo. Discutiam a venda de uns couros, mas o que discutiam era outra coisa. Cristián costumava levantar a voz e Eduardo calava. Sem o saber, estavam com ciúme um do outro. No duro subúrbio um homem não dizia, nem dizia a si mesmo, que uma mulher pudesse ter importância para ele, além do desejo e da posse, mas os dois estavam apaixonados. Isso, de algum modo, os humilhava.

Uma tarde, na praça de Lomas, Eduardo encontrou-se com Juan Iberra, que o felicitou por aquela prenda que ele havia arranjado. Foi então, creio, que Eduardo o insultou. Ninguém, na frente dele, ia caçoar de Cristián.

A mulher servia aos dois com submissão bestial; mas não podia esconder certa preferência pelo mais novo, que não recusara a participação mas não a propusera.

Um dia mandaram Juliana levar duas cadeiras ao primeiro pátio e não aparecer por ali, porque tinham de conversar. Ela esperava um diálogo comprido e foi se deitar para dormir a sesta, mas após algum tempo a acordaram. Fizeram-na encher uma sacola com tudo o que possuía, sem esquecer o rosário de vidro e a cruzinha que a mãe havia deixado para ela. Sem lhe explicar nada, puseram-na em cima da carroça e empreenderam uma viagem silenciosa e entediante. Tinha chovido; os caminhos estavam muito pesados e seriam cinco da manhã quando chegaram a Morón. Ali a venderam à dona do prostíbulo. O trato já estava feito; Cristián recebeu a soma e depois a dividiu com o outro.

Em Turdera, os Nilsen, perdidos até então no emaranhado (que também era uma rotina) daquele monstruoso amor, quiseram retomar a antiga vida de homens entre homens. Voltaram às jogatinas de truco, às rinhas de galo, às farras ocasionais. Pode ser que, nalguma ocasião, tenham se julgado salvos, mas costumavam incorrer, um de cada vez, em injustificadas ou bem justificadas ausências. Pouco antes do fim do ano, o mais novo disse que tinha alguma coisa que fazer na Capital. Cristián foi para Morón; no palanque da casa que sabemos reconheceu o cavalo pampa de Eduardo. Entrou; o outro estava lá dentro, esperando a vez. Parece que Cristián lhe disse:

— Se for assim, vamos cansar os pingos. O melhor é a gente mantê-la ao alcance da mão.

Falou com a dona, tirou algumas moedas do cinturão e levaram-na. Juliana ia com Cristián; Eduardo esporeou o pampa para não vê-los.

Voltaram ao que já se disse. A infame solução havia fracassado; os dois sucumbiram à tentação de fazer trapaça. Caim andava por ali, mas o carinho entre os Nilsen era muito grande — quem sabe que rigores e que perigos não tinham compartilhado! — e preferiram desafogar sua exasperação com outros. Com um desconhecido, com os cachorros, com a Juliana, que trouxera a discórdia.

O mês de março estava acabando e o calor não cedia. Num domingo (nos domingos as pessoas costumam se recolher cedo), Eduardo, que voltava do armazém, viu que Cristián punha a canga nos bois. Cristián disse-lhe:

— Venha cá; temos de deixar uns couros na loja do Pardo. Já carreguei; vamos aproveitar a fresca.

A casa de comércio do Pardo ficava, creio, mais ao sul;

tomaram o Caminho das Tropas; depois, um desvio. O campo ia se tornando grande com a noite.

Beiraram um capinzal; Cristián jogou o cigarro que acendera e disse sem pressa:

— Ao trabalho, mano. Depois os caranchos vão nos ajudar. Hoje a matei. Que fique aí com seus trastes. Não vai nos dar mais prejuízo.

Abraçaram-se, quase chorando. Agora outro vínculo os unia: a mulher tristemente sacrificada e a obrigação de esquecê-la.

ensaios

a esfera de pascal

A história universal é, talvez, a história de umas quantas metáforas. O objetivo desta nota é esboçar um capítulo dessa história.

Seis séculos antes da era cristã, o rapsodo Xenófanes de Cólofon, cansado dos versos homéricos que recitava de cidade em cidade, fustigou os poetas que atribuíram traços antropomórficos aos deuses e propôs aos gregos um Deus único, que era uma esfera eterna. No *Timeu*, de Platão, lê-se que a esfera é a figura mais perfeita e mais uniforme, porque todos os pontos da superfície são equidistantes do centro; Olof Gigon (*Ursprung der griechischen Philosophie*, 183) entende que Xenófanes falou por analogia; o Deus era esferoide porque essa forma é a melhor, ou a menos má, para representar a divindade. Parmênides, quarenta anos depois, repetiu a imagem ("O Ser é semelhante à massa de uma esfera bem arredondada, cuja força é constante em qualquer direção a partir do centro"); Calógero e Mondolfo argumentam que ele intuiu uma esfera infinita, ou infinitamente crescente, e que as palavras que acabo de transcrever têm um sentido dinâmico (Albertelli, *Gli eleati*, 148). Parmênides ensinou na Itália; poucos anos após sua morte, o siciliano Empédocles de Agrigento urdiu uma trabalhosa cosmogonia; há uma etapa em que as partículas de terra, água, ar e fogo integram uma esfera sem fim, "o *Sphairos* redondo, exultante em sua solidão circular".

A história universal continuou seu curso, os deuses demasiado humanos que Xenófanes atacou foram rebaixados a ficções poéticas ou demônios, mas conta-se que um, Hermes Trismegisto, ditara um número variável de livros (42, segundo Clemente de Alexandria; 20 mil, segundo Jâmblico; 36 525, segundo os sacerdotes de Thoth, que também é Hermes), em cujas páginas estavam escritas todas as coisas. Fragmentos dessa biblioteca ilusória, compilados ou forjados desde o século III, *formam* o que se chama o *Corpus hermeticum*; em algum deles, ou no *Asclépio*, também atribuído a Trismegisto, o teólogo francês Alain de Lille — Alanus de Insulis — descobriu, em fins do século XII, o que as idades vindouras não esqueceriam: "Deus é uma esfera inteligível cujo centro está em toda parte e a circunferência em nenhuma". Os pré-socráticos falaram de uma esfera sem fim; Albertelli (como, antes, Aristóteles) pensa que falar assim é cometer uma *contradictio in adjecto*, porque sujeito e predicado se anulam; isso bem pode ser verdade, mas a fórmula dos livros herméticos quase nos deixa intuir essa esfera. No século XIII, a imagem reapareceu no simbólico *Roman de la rose*, que a atribui a Platão, e na enciclopédia *Speculum Triplex*; no XVI, o último capítulo do último livro de *Pantagruel* se referiu a "essa esfera intelectual, cujo centro está em toda parte, e a circunferência, em nenhuma, a que chamamos Deus". Para a mente medieval, o sentido era claro: Deus está em cada uma de suas criaturas, mas nenhuma O limita. "O céu, o céu dos céus, não te contém", disse Salomão (1 Reis, 8, 27); a metáfora geométrica da esfera deve ter parecido uma glosa dessas palavras.

O poema de Dante preservou a astronomia ptolomaica, que durante 1400 anos regeu a imaginação dos homens. A Terra ocupa o centro do universo. É uma esfera imóvel; em torno dela giram nove esferas concêntricas. As sete primeiras são os céus planetários (céus da Lua, do Sol, de Mercúrio, de Vênus, de Marte, de Júpiter, de Saturno); a oitava, o céu das estrelas fixas; a nona, o céu cristalino também chamado Primeiro Móvel. Este é rodeado pelo Empíreo, que é feito de luz. Toda esta trabalhosa máquina de esferas ocas, transparentes e giratórias (um dos sistemas exigia 55) acabara se tornando uma necessidade mental; *De hypothesibus motuum coelestium commentariolus* é o título que Copérnico, negador de Aristóteles, pôs no manuscrito que transformou nossa visão do cosmos. Para um homem, para Giordano Bruno, a ruptura das abóbadas estelares foi uma libertação. Proclamou, na *Ceia das cinzas*, que o mundo é o efeito infinito de uma causa infinita e que a divindade está próxima, "pois está dentro de nós mais ainda do que nós mesmos estamos dentro de nós". Foi em busca de palavras para revelar o espaço copernicano aos homens e numa página famosa estampou: "Podemos afirmar com certeza que o universo é todo centro, ou que o centro do universo está em toda parte e a circunferência em nenhuma" (*De la causa, principio de uno*, V).

Isso foi escrito com exultação, em 1584, ainda sob a luz do Renascimento; setenta anos depois, não restava reflexo algum daquele fervor, e os homens se sentiram perdidos no tempo e no espaço. No tempo, porque se o futuro e o passado forem infinitos, não haverá realmente um quando; no espaço, porque se todo ser for equidistante do infinito e do infinitesimal, também não haverá um onde. Ninguém está num dia, num lugar; ninguém sabe o tamanho do próprio rosto. No Renascimento, a humanidade acreditou ter atingido a idade viril, e assim o declarou pela boca de Bruno, Campanella e Bacon. No século XVII, ficou acovardada pela sensação de velhice; para se justificar, exumou a crença de uma lenta e fatal degeneração de todas as criaturas, por obra do pecado de Adão. (No quinto capítulo do Gênesis consta que "todos os dias de Matusalém foram 979 anos"; no sexto, que "naquele tempo havia gigantes sobre a Terra".) O primeiro aniversário da *Anatomy of the World*, de John Donne, lamentou a vida brevíssima e a estatura mínima dos homens contemporâneos, que são como as fadas e os pigmeus; Milton, segundo a biografia de Johnson, temeu que o gênero épico já fosse impossível na Terra; Glanvill supôs que Adão, "medalha de Deus", se deleitou com uma visão telescópica e microscópica; Robert South escreveu estas palavras famosas: "Um Aristóteles não foi mais que os escombros de Adão, e Atenas, os rudimentos do Paraíso". Naquele século desanimado, o espaço absoluto que inspirou os hexâmetros de Lucrécio, o espaço absoluto que fora uma libertação para Bruno, foi um labirinto e um abismo para Pascal. Este execrava o universo e gostaria de adorar a Deus, mas Deus, para ele, era menos real que o execrado universo. Lamentou que o firmamento não falasse, comparou nossa vida com a dos náufragos numa ilha deserta. Sentiu o peso incessante do mundo físico, sentiu vertigem, medo e solidão, e formulou-os em outras palavras: "A natureza é uma esfera infinita cujo centro está em toda parte e a circunferência em nenhuma". Assim Brunschvicg publicou o texto, mas a edição crítica de Tourneur (Paris, 1941), que reproduz as rasuras e vacilações do manuscrito, revela que Pascal começou a escrever *effroyable*: "Uma esfera terrível cujo centro está em toda parte, e a circunferência, em nenhuma".

A história universal é, talvez, a história da diferente entonação de algumas metáforas.

Buenos Aires, 1951

a flor de coleridge

Por volta de 1938, Paul Valéry escreveu: "A história da literatura não deveria ser a história dos autores e dos acidentes de sua carreira ou da carreira de suas obras, mas sim a História do Espírito como produtor ou consumidor de literatura. Essa história poderia ser levada a termo sem a menção de um único escritor". Não era a primeira vez que o Espírito formulava essa observação; em 1844, no vilarejo de Concord, outro de seus amanuenses anotara: "Dir-se-ia que uma única pessoa redigiu todos os livros que há no mundo; a unidade central deles é tal que se torna inegável o fato de serem obra de um único cavalheiro onisciente" (Emerson, *Essays*, 2, VIII). Vinte anos antes, Shelley declarou que todos os poemas do passado, do presente e do futuro são episódios ou fragmentos de um único poema infinito, construído por todos os poetas do mundo (*A Defense of Poetry*, 1821).

Essas considerações (implícitas, por certo, no panteísmo) permitiriam um interminável debate; se eu, agora, as invoco é para realizar um modesto propósito: a história da evolução de uma ideia, através dos textos heterogêneos de três autores. O primeiro texto é uma nota de

Coleridge; ignoro se ele o escreveu em fins do século XVIII ou no princípio do XIX. Diz, literalmente:

> Se um homem atravessasse o Paraíso num sonho, e lhe dessem uma flor como prova de que lá estivera, se ao despertar encontrasse essa flor em sua mão... o que dizer então?

Não sei o que meu leitor vai opinar sobre essa fantasia; eu a considero perfeita. Usá-la como base de outras invenções felizes parece, à primeira vista, impossível; tem a completude e a unidade de um *terminus ad quem*, de uma meta. E de fato é; na esfera da literatura, assim como em outras, não há ato que não seja o coroamento de uma infinita série de causas e o manancial de uma infinita série de efeitos. Atrás da invenção de Coleridge se acha a geral e antiga invenção das gerações de amantes que pediram uma flor como prova de amor.

O segundo texto que vou citar é um romance que Wells esboçou em 1887 e reescreveu sete anos depois, no verão de 1894. A primeira versão intitulava-se *The Chronic Argonauts* (nesse título, depois suprimido, *chronic* tem o valor etimológico de *relativo ao tempo*); a definitiva, *The Time Machine.* Wells, nesse romance, continua e refaz uma antiquíssima tradição literária: a previsão de fatos futuros. Isaías *vê* a destruição da Babilônia e a restauração de Israel; Eneias, o destino militar de sua posteridade, os romanos; a profetisa da *Edda Saemundi*, a volta dos deuses, os quais, após a cíclica batalha em que nossa Terra perecerá, descobrirão, atiradas no capim de uma nova pradaria, as peças de xadrez com que antes jogavam... O protagonista de Wells, à diferença de tais espectadores proféticos, viaja fisicamente ao futuro. Volta arrasado, coberto de poeira e maus-tratos; volta de uma remota humanidade que se bifurcou em espécies que se odeiam (os ociosos *elói*, que habitam palácios dilapidados e jardins em ruínas; os *morlocks*, subterrâneos e nictalópicos, que se alimentam dos primeiros); volta com as têmporas encanecidas e traz do futuro uma flor murcha. É essa a segunda versão da imagem de Coleridge. Mais incrível que uma flor celestial ou a flor de um sonho é a flor futura, a flor contraditória cujos átomos agora ocupam outros lugares e ainda não se combinaram.

A terceira versão que vou comentar, a mais trabalhada, é invenção de um escritor bem mais complexo que Wells, embora menos dotado dessas virtudes que se costuma chamar de clássicas. Refiro-me ao autor de *A humilhação dos Northmore*, o triste e labiríntico Henry James. Com sua morte, ficou inacabado um romance de caráter fantástico, *The Sense of the Past*, que é uma variante ou reelaboração de *The Time Machine*.[1] O protagonista de Wells viaja ao futuro num veículo inconcebível, que avança ou retrocede no tempo como os demais veículos no espaço; o de James volta ao passado, ao século XVIII, de tanto se identificar com essa época. (Ambos os procedimentos são impossíveis, mas o de James é menos arbitrário.) Em *The Sense of the Past*, o nexo entre o real e o imaginário (entre a atualidade e o passado) não é uma flor, como nas ficções anteriores; é um retra-

1 Não li *The Sense of the Past*, mas conheço suficientemente a análise de Stephen Spender, em sua obra *The Destructive Element* (pp. 105-10). James foi amigo de Wells; sobre a relação deles, pode-se consultar o vasto *Experiment in Autobiography*, deste último.

to que data do século XVIII e misteriosamente representa o protagonista. Fascinado por essa tela, ele consegue se transportar para a data em que a realizaram. Entre as pessoas que encontra, figura necessariamente o pintor, que o pinta com temor e aversão, pois intui algo insólito e anômalo naquelas feições futuras... James cria, assim, um incomparável *regressus in infinitum*, já que seu herói, Ralph Pendrel, se transporta para o século XVIII. A causa é posterior ao efeito, o motivo da viagem é uma das consequências da viagem.

É verossímil que Wells desconhecesse o texto de Coleridge; Henry James conhecia e admirava o texto de Wells. É claro que, se for válida a doutrina de que todos os autores são um único autor,[2] tais fatos são insignificantes. A rigor, não é indispensável ir tão longe; o panteísta que declara que a pluralidade dos autores é ilusória encontra inesperado apoio no classicista, para quem essa pluralidade importa muito pouco. Para as mentes clássicas o essencial é a literatura, não os indivíduos. George Moore e James Joyce incorporaram em suas obras páginas e sentenças alheias; Oscar Wilde costumava presentear argumentos para que outros os realizassem; ambas as condutas, embora superficialmente contrárias, podem evidenciar um mesmo sentido da arte. Um sentido ecumênico, impessoal... Outra testemunha da unidade profunda do Verbo, outro que negava os limites do sujeito, foi o insigne Ben Jonson, que, empenhado na tarefa de formular seu testamento literário

2 Em meados do século XVII, o epigramatista do panteísmo, Angelus Silesius, afirmou que todos os bem-aventurados são apenas um (*Cherubinischer Wandersmann*, V, 7), e que todo cristão deve ser Cristo (op. cit., V, 9).

e os juízos propícios ou adversos que seus contemporâneos dele mereciam, se restringiu a combinar fragmentos de Sêneca, Quintiliano, Justo Lípsio, Vives, Erasmo, Maquiavel, Bacon e dos Escalígeros.

Uma última observação. Aqueles que copiam minuciosamente um escritor agem impessoalmente, porque confundem esse escritor com a literatura, suspeitando que se afastar dele num ponto é afastar-se da razão e da ortodoxia. Durante muitos anos, acreditei que a quase infinita literatura estivesse num homem. Esse homem foi Carlyle, foi Johannes Becher, foi Whitman, foi Rafael Cansinos-Asséns, foi De Quincey.

o sonho de coleridge

O fragmento lírico "Kubla Khan" (cinquenta e tantos versos rimados e irregulares, de prosódia requintada) foi sonhado pelo poeta inglês Samuel Taylor Coleridge, num dia do verão de 1797. Coleridge escreve que buscara retiro numa chácara nos confins de Exmoor; uma indisposição obrigou-o a tomar um sonífero; foi vencido pelo sono momentos após a leitura de uma passagem de Purchas, que relata a construção de um palácio por Kubla Khan, o imperador cuja fama no Ocidente foi obra de Marco Polo. No sonho de Coleridge, o texto lido casualmente começou a germinar e a se multiplicar; o homem que dormia intuiu uma série de imagens visuais e, simplesmente, de palavras que as manifestavam; ao cabo de algumas horas, acordou, com a certeza de ter composto, ou recebido, um poema de uns trezentos versos. Recordava-os com singular nitidez e conseguiu transcrever o fragmento que perdura em suas obras. Uma visita inesperada interrompeu-o, tornando-se impossível para ele, depois, recordar o restante. "Descobri, com não pequena surpresa e mortificação", conta Coleridge, "que, embora retivesse de modo vago a forma geral da visão, tudo o mais, salvo umas oito ou dez linhas soltas, tinha desaparecido, como as imagens na superfície de um rio em que se lança uma pedra, mas, ai de mim, sem a posterior restauração destas últimas." Swinburne sentiu que o que fora resgatado era o mais alto exemplo da música do inglês, e que o homem capaz de analisá-lo conseguiria (a metáfora é de John Keats) destecer um arco-íris. As traduções ou resumos de poemas cuja virtude fundamental é a música são vãos e podem ser prejudiciais; basta reter, por ora, que foi concedida a Coleridge *num sonho* uma página de incontestado esplendor.

O caso, embora extraordinário, não é único. No estudo psicológico *The World of Dreams*, Havelock Ellis equiparou-o ao do violinista e compositor Giuseppe Tartini, que sonhou que o diabo (escravo dele) executava no violino uma sonata prodigiosa; o sonhador, ao acordar, extraiu de sua lembrança imperfeita o *Trillo del diavolo*. Outro clássico exemplo de atividade cerebral inconsciente é o de Robert Louis Stevenson, a quem um sonho (segundo ele mesmo relatou em seu "Chapter on Dreams") teria fornecido o argumento de *Olalla*, e outro, em 1884, o de *Jekyll & Hide*. Tartini quis imitar na vigília a música de um sonho; Stevenson recebeu do sonho argumentos, isto é, formas gerais; mais afim à inspiração verbal de Coleridge é a que Beda, o Venerável, atribui a Caedmon (*Historia ecclesiastica gentis Anglorum*, IV, 24). O caso aconteceu em fins do século VII, na Inglaterra missionária e guerreira dos reinos saxões. Caedmon era um rude pastor, já não tão jovem; uma noite, escapuliu de uma festa ao prever que lhe passariam a harpa, e sabia ser incapaz de cantar. Foi dormir no estábulo, em meio aos cavalos, e no sonho alguém o chamou pelo nome, mandando que cantasse. Caedmon respondeu que não sabia, mas o outro lhe disse: "Cante o princípio das coisas criadas". Então Caedmon disse versos que nunca tinha ouvido. Não os esqueceu quando acordou, e conseguiu repeti-los diante dos monges do vizinho mosteiro de Hild. Não aprendeu a ler, mas os monges lhe explicavam passagens da história sagrada e ele "as ruminava como um simples animal, convertendo-as em versos dulcíssimos; desse modo, cantou a criação do mundo e do homem e toda a história do Gênesis e o êxodo dos filhos de Israel e sua entrada na Terra Prometida, assim como muitas outras coisas da Escritura: a encarnação, a Paixão, a ressurreição e a ascensão do Senhor; e a vinda do Espírito Santo, os ensinamentos dos apóstolos, e também o terror do Juízo Final, o horror dos castigos do inferno, as doçuras do céu e as mercês e os juízos de Deus". Foi o primeiro poeta sacro da nação inglesa. "Ninguém se igualou a ele", diz Beda, "porque ele não aprendeu com os homens, mas com Deus." Anos depois, profetizou a hora em que ia morrer e esperou-a dormindo. Esperemos que tenha se encontrado novamente com seu anjo.

À primeira vista, o sonho de Coleridge corre o risco de parecer menos assombroso que o de seu precursor. "Kubla Khan" é uma composição admirável, e as nove linhas do hino sonhado por Caedmon quase não apresentam outra virtude a não ser a de sua origem onírica; Coleridge, porém, já era um poeta, enquanto a Caedmon apenas foi revelada uma vocação. Há, contudo, um fato ulterior, que engrandece até o insondável a maravilha do sonho no qual "Kubla Khan" foi engendrado. Se este fato for verdadeiro, a história do sonho de Coleridge é anterior em muitos séculos a Coleridge e ainda não chegou ao fim.

O poeta sonhou em 1797 (outros entendem que tenha sido em 1798) e publicou seu relato do sonho em 1816, à maneira de glosa ou justificativa do poema inacabado. Vinte anos depois apareceu em Paris, fragmentariamente, a primeira versão ocidental de uma dessas histórias universais em que a literatura persa é tão rica, o *Compêndio de histórias* de Rashid ed-Din, que data do século XIV. Em certa página se lê: "A leste de Shang-tu, Kubla Khan ergueu um palácio, de acordo com projeto que vira num sonho e que guardava na memória". Quem escreveu isso era vizir de Ghazan Mahmud, descendente de Kubla.

Um imperador mongol, no século XIII, sonha um palácio e o constrói conforme a sua visão; no século XVIII, um poeta inglês, que não podia saber que essa construção resultara de um sonho, sonha um poema sobre o palácio. Confrontadas com essa simetria, que trabalha com almas de homens que dormem e abrange continentes e séculos, são nada ou muito pouco, parece-me, as levitações, ressurreições e aparições dos livros piedosos.

Que explicação preferir? Aqueles que de antemão negam o sobrenatural (procuro, sempre, fazer parte desse grupo) julgarão que a história dos sonhos é coincidência, um desenho traçado pelo acaso, como as formas de leões ou cavalos que às vezes as nuvens configuram. Outros argumentarão que de algum modo o poeta soube que o imperador tinha sonhado o palácio e disse ter sonhado o poema para criar uma esplêndida ficção que também atenuasse ou justificasse o caráter truncado ou rapsódico dos versos.[1] Esta conjectura é verossímil, mas nos obriga a postular, arbitrariamente, um texto não identificado pelos sinólogos no qual Coleridge teria lido, antes de 1816, o sonho de Kubla.[2] Muito mais encantadoras são as hipóteses que transcendem o racional. Por exemplo, cabe supor que a alma do imperador, uma vez destruído o palácio, tenha penetrado na alma de Coleridge para que este o reconstruísse com palavras, mais duradouras que o mármore e os metais.

O primeiro sonho agregou um palácio à realidade; o segundo, que se produziu cinco séculos depois, um poema (ou início de poema) sugerido pelo palácio; a semelhança dos sonhos deixa entrever um plano; o intervalo enorme revela um executor sobre-humano. Indagar o propósito desse imortal ou desse longevo seria, talvez, tão atrevido quanto inútil, mas é lícito suspeitar que não o tenha conseguido. Em 1691, o padre Gerbillon, da Companhia de Jesus, constatou que do palácio de Kubla Khan só restavam ruínas; do poema, segundo consta, apenas cinquenta versos foram resgatados. Tais fatos permitem conjecturar que a série de sonhos e trabalhos não chegou ao fim. O primeiro sonhador se deparou no meio da noite com a visão do palácio e o construiu; o segundo, que não tinha conhecimento do sonho do anterior, com o poema sobre o palácio. Se o esquema não falhar, alguém, numa noite que

1 No princípio do século XIX ou em fins do XVIII, julgado por leitores de gosto clássico, "Kubla Khan" era muito mais fora do comum que hoje. Em 1884, o primeiro biógrafo de Coleridge, Traill, podia ainda escrever: "O extravagante poema onírico 'Kubla Khan' não passa de uma curiosidade psicológica".

2 Veja-se John Livingston, *The Road to Xanadu*, 1927, pp. 358, 585.

os séculos separam de nós, sonhará o mesmo sonho sem suspeitar que outros o sonharam e lhe dará a forma de um mármore ou de uma música. Talvez a série de sonhos não tenha fim, talvez a chave esteja no último.

Escrito o que precede, entrevejo ou creio entrever outra explicação. Pode ser que um arquétipo ainda não revelado aos homens, um objeto eterno (para usar a nomenclatura de Whitehead) esteja ingressando paulatinamente no mundo; sua primeira manifestação foi o palácio; a segunda, o poema. Quem os comparasse veria que são essencialmente iguais.

nathaniel hawthorne[1]

Vou começar a história das letras americanas com a história de uma metáfora; ou melhor, com alguns exemplos dessa metáfora. Não sei quem a inventou; talvez seja um erro supor que metáforas possam ser inventadas. As verdadeiras, as que formulam conexões íntimas entre uma imagem e outra, existiram desde sempre; as que ainda podemos inventar são falsas, são as que não vale a pena inventar. Essa a que me refiro é a que compara os sonhos com uma representação teatral. No século XVII, Quevedo formulou-a no início do "Sueño de la muerte"; Luis de Góngora, no soneto "Varia imaginación", em que lemos:

El sueño, autor de representaciones,
en su teatro sobre el viento armado,
*sombras suele vestir de bulto bello.**

1 Texto de uma conferência proferida no Colégio Livre de Estudos Superiores, em março de 1949.
* "O sonho, autor de representações,/ em seu teatro sobre o vento armado,/ sombras sói vestir com o vulto belo."

No século XVIII, Addison vai dizê-lo com mais precisão. "A alma, quando sonha", escreve ele, "é teatro, atores e plateia." Muito antes, o persa Omar Khayyam escrevera que a história do mundo é uma representação que Deus, o numeroso Deus dos panteístas, planeja, representa e contempla, para distrair sua eternidade; muito depois, o suíço Jung, em volumes encantadores e, sem dúvida, exatos, equipara as invenções literárias às invenções oníricas, a literatura aos sonhos.

Se a literatura é um sonho, um sonho dirigido e deliberado, mas fundamentalmente um sonho, é bom que os versos de Góngora sirvam de epígrafe para esta história das letras americanas e que a inauguremos com o exame de Hawthorne, o sonhador. Um pouco anteriores no tempo há outros escritores americanos — Fenimore Cooper, uma espécie de Eduardo Gutiérrez infinitamente inferior a Eduardo Gutiérrez; Washington Irving, urdidor de agradáveis espanholadas —, mas podemos esquecê-los sem risco algum.

Hawthorne nasceu em 1804, no porto de Salem. Salem padecia, já então, de dois traços anômalos nos Estados Unidos: era uma cidade, embora pobre, muito velha, e era uma cidade em decadência. Nessa cidade velha e decadente, de honesto nome bíblico, Hawthorne morou até 1836; amou-a com esse triste amor que inspiram as pessoas que não nos amam, os fracassos, as doenças, as manias; essencialmente, não é mentira dizer que nunca se afastou dela. Cinquenta anos depois, em Londres ou em Roma, continuava em sua aldeia puritana de Salem; por exemplo, quando desaprovou que os escultores, em pleno século XIX, lavrassem estátuas nuas...

Seu pai, o capitão Nathaniel Hawthorne, morreu em 1808, nas Índias Orientais, no Suriname, de febre amarela; um de seus antepassados, John Hawthorne, foi juiz nos processos de feitiçaria de 1692, quando dezenove mulheres, entre elas uma escrava, Tituba, foram condenadas à forca. Naqueles curiosos processos (o fanatismo agora tem outras formas), Justice Hawthorne agiu com severidade e, sem dúvida, com sinceridade. "Tão conspícuo ele se tornou", escreveu Nathaniel, o nosso Nathaniel, "no martírio das bruxas, que é lícito pensar que o sangue dessas infelizes tenha deixado nele uma mancha. Mancha tão profunda que deve perdurar em seus velhos ossos, no cemitério de Charter Street, se já não forem pó." Depois desse traço pitoresco, Hawthorne acrescenta: "Não sei se meus antepassados se arrependeram e suplicaram a misericórdia divina; eu, agora, o faço por eles e peço que toda maldição que tenha caído sobre a minha raça nos seja, desde este dia, perdoada". Quando o capitão Hawthorne morreu, a viúva, mãe de Nathaniel, se encerrou em seu quarto, no andar de cima. Nesse andar ficavam os quartos das irmãs, Louisa e Elizabeth; no último, o de Nathaniel. Essas pessoas não comiam juntas e quase não se falavam; a comida era deixada numa bandeja, no corredor. Nathaniel passava os dias escrevendo contos fantásticos; à tarde, na hora do crepúsculo, saía para caminhar. Esse regime de vida furtivo durou doze anos. Em 1837, ele escreveu para Longfellow: "Eu me transformei num recluso; sem a menor intenção de fazê-lo, sem a menor suspeita de que isso fosse me acontecer. Tornei-me um prisioneiro, encerrei-me num calabouço, e já não encontro a chave; mesmo que a porta estivesse aberta, quase teria medo de sair". Hawthorne era alto, bonito, magro, moreno. Quando andava, tinha o balanço dos homens do mar. Naquele tempo não havia (sem dúvida para felicidade das crianças) literatura infantil; Hawthorne lera aos seis anos o *Pilgrim's Progress*; o primeiro livro que comprou com seu próprio dinheiro foi *The Faerie Queen*; duas alegorias. Também leu, embora seus biógrafos não o digam, a Bíblia; talvez a mesma que o primeiro Hawthorne, William Hawthorne de Wilton, trouxera da Inglaterra junto com uma espada, em 1630. Pronunciei a palavra *alegorias*; essa palavra é importante, quem sabe imprudente ou indiscreta, tratando-se da obra de Hawthorne. É sabido que ele foi acusado por Edgar Allan Poe de alegorizar — para Poe essa atividade e esse gênero eram indefensáveis. Duas tarefas temos pela frente: a primeira, indagar se o gênero alegórico é, de fato, ilícito; a segunda, indagar se Nathaniel Hawthorne incorreu nesse gênero. Que eu saiba, a melhor refutação das alegorias é a de Croce; a maior defesa, a de Chesterton. Croce acusa a alegoria de ser um cansativo pleonasmo, um jogo de vãs repetições que primeiro nos mostra (digamos) Dante guiado por Virgílio e Beatriz e, depois, nos explica ou dá a entender que Dante é a alma, Virgílio a filosofia, ou a razão, ou ainda a luz natural, e Beatriz a teologia ou a graça. Segundo Croce, segundo o argumento de Croce (o exemplo não é dele), Dante primeiro teria pensado: "A razão e a fé operam a salvação das almas" ou "A filosofia e a teologia nos conduzem ao céu" e, em seguida, onde pensou *razão* ou *filosofia* pôs *Virgílio* e onde pensou *teologia* ou *fé* pôs *Beatriz*, o que seria uma espécie de mascarada. A alegoria, conforme essa interpretação desdenhosa, viria a ser uma adivinha, mais extensa, mais lenta e muito mais incômoda que as outras. Seria um gênero bárbaro ou infantil, uma distração da estética. Croce formulou essa refutação em 1907; em 1904, Chesterton já a refutara sem que o outro soubesse. Tão sem comunicação e tão vasta é a literatura! A página correspondente a Chesterton consta de uma monografia sobre o pintor Watts, ilustre na Inglaterra no final do século XIX e acusado, como Hawthorne, de alegorismo. Chesterton admite que Watts tenha produzido alegorias, mas nega que esse gênero seja condenável. Argumenta que a realidade é de uma interminável riqueza e que a linguagem dos homens não esgota esse vertiginoso caudal. Escreve: "O homem sabe que há na alma matizes mais desconcertantes, mais inumeráveis e mais anônimos que as cores de uma floresta outonal. Crê, no entanto, que esses matizes, em todas as suas fusões e conversões, sejam representáveis com precisão por um mecanismo arbitrário de grunhidos e chiados. Crê que de dentro de um corretor da Bolsa possam realmente sair ruídos capazes de exprimir todos os mistérios da memória e todas as agonias do desejo...". Daí Chesterton infere, em seguida, que pode haver diversas linguagens que de certo modo correspondam à inapreensível realidade; entre essas muitas linguagens, a das alegorias e fábulas.

Em outras palavras: Beatriz não é um emblema da fé, um trabalhoso e arbitrário sinônimo da palavra *fé*; a verdade é que há alguma coisa no mundo — um sentimento peculiar, um processo íntimo, uma série de estados análogos — que é possível indicar por dois símbolos: um, bastante pobre, o som fé; outro, Beatriz, a gloriosa Beatriz que desceu do céu e deixou suas pegadas no Inferno para salvar Dante. Não sei se é válida a tese de Chesterton; sei que uma alegoria é tanto melhor quanto menos redutível for a um esquema, a um frio jogo de abstrações. Existem escritores que pensam por imagens (Shakespeare, Donne ou Victor Hugo, digamos) e escritores que pensam por abstrações (Benda ou Bertrand Russell); *a priori*, uns valem tanto quanto os outros, mas, quando um abstrato, um raciocinador, quer ser também imaginativo ou passar por tal, ocorre o que Croce denunciou. Notamos que um processo lógico foi enfeitado e disfarçado pelo autor, "para desonra do entendimento do leitor", como disse Wordsworth. É, para citar um exemplo notório desse mal, o caso de José Ortega y Gasset, cujo bom pensamento fica obstruído por metáforas penosas e adventícias; é, muitas vezes, o de Hawthorne. Quanto ao mais, os dois escritores são antagônicos. Ortega consegue raciocinar, bem ou mal, mas não imaginar; Hawthorne era homem de contínua e curiosa imaginação; refratário, porém, por assim dizer, ao pensamento. Não estou dizendo que era estúpido; digo que pensava por imagens, por intuições, como costumam pensar as mulheres, não por um mecanismo dialético. Um erro estético o prejudicou: o desejo puritano de fazer de toda imaginação uma fábula levava-o a agregar-lhes moralidades e, às vezes, a falseá-las e deformá-las. Foram conservados os cadernos de apontamentos em que anotava, brevemente, argumentos; num deles, de 1836, está escrito: "Uma serpente se introduz no estômago de um homem e é por ele alimentada dos quinze aos 35 anos, atormentando-o horrivelmente". Bastava isso, mas Hawthorne se considera obrigado a acrescentar: "Poderia ser um emblema da inveja ou de outra paixão malvada". Outro exemplo, de 1838 desta vez: "Que aconteçam fatos estranhos, misteriosos e atrozes, capazes de destruir a felicidade de uma pessoa. Que essa pessoa os atribua a inimigos secretos e que descubra, por fim, que é a única culpada e a causa de tudo. Moral: a felicidade está em nós mesmos". Outro, do mesmo ano: "Um homem, na vigília, pensa bem de outro e confia nele plenamente, mas é perturbado por sonhos em que esse amigo age como inimigo mortal. Revela-se, afinal, que o caráter sonhado era o verdadeiro. Os sonhos tinham razão. A explicação seria a percepção instintiva da verdade". São melhores as fantasias puras, que não buscam justificativa ou moralidade nem parecem ter outro fundo senão um obscuro terror. Esta, de 1838: "No meio de uma multidão, imaginar um homem cujo destino e cuja vida estão em poder de outro, como se os dois estivessem num deserto". Esta, que é uma variante da anterior e que Hawthorne anotou cinco anos depois: "Um homem de vontade forte manda outro, moralmente subjugado por ele, executar um ato. O que manda morre e o outro, até o fim de seus dias, continua executando aquele ato". (Não sei como Hawthorne teria descoberto esse argumento; não sei se teria sido conveniente que o ato executado fosse trivial ou ligeiramente horrível ou fantástico ou talvez ainda humilhante.) Este, cujo tema é também a escravidão, a sujeição a outro: "Um homem rico deixa, em seu testamento, a casa para um casal pobre. Os herdeiros se mudam para a casa e lá encontram um empregado soturno, que o testamento os proíbe de expulsar. Ele os atormenta; por fim, se descobre que é o homem que lhes legara a casa". Citarei mais dois esboços, bastante curiosos, cujo tema (não ignorado por Pirandello ou por André Gide) é a coincidência ou confusão do plano estético com o plano comum, da realidade com a arte. Eis aqui o primeiro: "Duas pessoas esperam na rua um acontecimento e o aparecimento dos principais atores. O acontecimento já está ocorrendo e elas são os atores". O outro é mais complexo: "Que um homem escreva um conto e constate que ele se desenvolve contra suas intenções; que os personagens não ajam como o autor queria; que aconteçam fatos não previstos e que se aproxime uma catástrofe que ele tente, em vão, evitar. O conto poderia prefigurar seu próprio destino, e um dos personagens é ele". Tais jogos, tais momentâneas confluências do mundo imaginário e do mundo real — do mundo que no curso da leitura simulamos que é real — são, ou nos parecem, modernos. Sua origem, sua antiga origem, se acha talvez naquela passagem da *Ilíada* em que Helena tece um tapete e o que tece são batalhas e desventuras da própria Guerra de Troia. Esse procedimento deve ter impressionado Virgílio, pois na *Eneida* consta que Eneias, guerreiro da Guerra de Troia, chegou ao porto de Cartago e viu esculpidas no mármore de um templo cenas daquela guerra e, em meio a tantas imagens de guerreiros, também sua própria imagem. Hawthorne gostava desses contatos do imaginário com o real; são reflexos e duplicações da arte; também se nota, nos esboços por mim assinalados, que ele tendia para a noção panteísta de que um homem são os outros, de que um homem são todos os homens.

Algo mais grave que as duplicações e o panteísmo se observa nos esboços, algo mais grave para um homem que quer ser romancista, quero dizer. Observa-se que o estímulo de Hawthorne, que o ponto de partida de Hawthorne eram, em geral, situações. Situações, e não personagens. Hawthorne primeiro imaginava, talvez involuntariamente, uma situação, e depois procurava personagens que a encarnassem. Não sou romancista, mas desconfio que nenhum romancista tenha procedido assim: "Creio que Schomberg é real", escreveu Joseph Conrad a respeito de um dos personagens mais memoráveis de seu romance *Victory*, e isso poderia ser dito por qualquer romancista sobre qualquer personagem. As aventuras do *Quixote* não estão muito bem imaginadas, os diálogos lentos e antitéticos — *razonamientos*,* é assim, creio, que os chama o autor — pecam pela inverossimilhança, mas não cabe dúvida de que Cervantes conhecia bem Dom Quixote e podia acreditar nele. Nossa fé na fé do romancista salva todas as negligências e falhas. Que importam fatos incríveis ou desastrados, se sabemos que foram imaginados pelo autor não para surpreender nossa boa-fé, mas para definir seus personagens? Que importam os escândalos pueris e os confusos crimes da suposta corte da Dinamarca, se acreditamos no príncipe Hamlet? Hawthorne, ao contrário, primeiro concebia uma situação, ou uma série de situações, e depois elaborava os indivíduos que seu plano requeria. Esse método pode produzir, ou permitir, contos admiráveis, porque neles, em virtude de sua brevidade, a trama é mais visível que os atores; mas não romances admiráveis, nos quais a forma geral (se existir) só se torna visível no fim, e um único personagem mal inventado pode contaminar com irrealidade todos aqueles que o acompanham. Das razões acima, poder-se-ia inferir, de

* Literalmente "arrazoados", isto é, argumentações, pensamentos.

antemão, que os contos de Hawthorne valem mais que os romances de Hawthorne. Eu acho que é isso mesmo. Os 24 capítulos que compõem *A letra escarlate* são pródigos em passagens memoráveis, redigidas em prosa boa e sensível, mas nenhum deles me comoveu como a singular história de Wakefield, nos *Twice-Told Tales*. Hawthorne lera num jornal, ou simulou, para fins literários, ter lido num jornal o caso de um senhor inglês que abandonou a mulher sem motivo algum, indo se instalar na vizinhança de sua casa, e lá, sem que ninguém desconfiasse, viveu vinte anos escondido. Durante esse longo período, passou diariamente em frente de sua casa ou a observou da esquina, e muitas vezes divisou sua mulher. Quando já o haviam dado por morto, quando já fazia muito tempo que sua mulher se resignara à viuvez, o homem, certo dia, abriu a porta da casa e entrou. Singelamente, como se tivesse se ausentado por apenas algumas horas. (Foi, até o dia de sua morte, um marido exemplar.) Hawthorne leu com inquietação o curioso caso e procurou entendê-lo, imaginá-lo. Matutou sobre o tema; o conto "Wakefield" é a história conjectural desse desterrado. As interpretações do enigma podem ser infinitas; vejamos a de Hawthorne.

Este imagina Wakefield como um homem sossegado, timidamente vaidoso, egoísta, propenso a mistérios pueris, a guardar segredos insignificantes; um homem tíbio, de grandes proezas imaginativas e mentais, mas capaz de longas e ociosas e inconclusas e vagas meditações; um marido constante, resguardado pela preguiça. Wakefield, no entardecer de um dia de outubro, despede-se da mulher. Diz a ela — não se deve esquecer que estamos em princípios do século XIX — que vai tomar a diligência e que estará de volta, no mais tardar, dentro de uns dias. A mulher, que sabe de sua afeição pelos mistérios inofensivos, não lhe pergunta a razão da viagem. Wakefield está de botas, cartola, sobretudo; leva guarda-chuva e valises. Wakefield — isso me parece admirável — não sabe ainda o que fatalmente ocorrerá. Sai com a resolução mais ou menos firme de inquietar ou assombrar a mulher, ausentando-se uma semana inteira de casa. Sai, fecha a porta da rua, em seguida a entreabre e, por um momento, sorri. Anos depois, a mulher ainda se lembrará daquele último sorriso. Vai imaginá-lo num caixão com o sorriso congelado no rosto, ou no paraíso, na glória, sorrindo com astúcia e serenidade. Todos pensarão que ele morreu e ela recordará aquele sorriso e pensará que talvez não seja viúva. Wakefield, depois de uns tantos rodeios, chega ao alojamento que tinha preparado. Acomoda-se junto da chaminé e sorri; está nos arredores de sua casa e chegou ao termo de sua viagem. Duvida, regozija-se, já lhe parece incrível estar ali, teme que o tenham observado e o denunciem. Quase arrependido, vai se deitar; na vasta cama deserta estende os braços e repete em voz alta: "Não vou dormir sozinho outra noite". No dia seguinte, acorda mais cedo que de costume e se pergunta, perplexo, o que vai fazer. Sabe que tem algum projeto, mas sente dificuldade para defini-lo. Descobre, finalmente, que tinha a intenção de averiguar a impressão que uma semana de viuvez causaria na exemplar senhora Wakefield. A curiosidade o impele para a rua. Murmura: "Espiarei de longe minha casa". Caminha, se distrai; de repente percebe que o hábito o levara, insidiosamente, à sua porta, e que está a ponto de entrar. Retrocede, então, aterrorizado. Não o terão visto? Não o perseguirão? Numa esquina, vira-se e olha para sua casa: ela lhe parece diferente, porque ele já é outro, porque uma única noite produziu nele, embora ele não saiba, uma transformação. Em sua alma operou-se a mudança moral que o condenará a vinte anos de exílio. A partir daí, começa realmente a longa aventura. Wakefield compra uma peruca ruiva. Muda de hábitos; depois de algum tempo estabelece uma nova rotina. Atormenta-o a suspeita de que sua ausência não tenha transtornado suficientemente a senhora Wakefield. Decide só voltar depois de lhe ter dado um bom susto. Um dia o boticário entra na casa; outro dia, o médico. Wakefield se aflige, mas teme que seu brusco reaparecimento possa agravar o mal. Possesso, deixa o tempo passar; antes pensava: "Vou voltar daqui a tantos dias", agora, "daqui a tantas semanas". E assim se passam dez anos. Há muito não percebe que seu comportamento é insólito. Com todo o tíbio afeto de que seu coração é capaz, Wakefield continua gostando da mulher, enquanto ela o vai esquecendo. Certa manhã de domingo encontram-se na rua, em meio à multidão de Londres. Wakefield está mais magro; anda obliquamente, como se se ocultasse, como se fugisse; sua testa baixa parece sulcada de rugas; seu rosto, antes vulgar, agora é extraordinário, devido à extraordinária proeza que pôs em prática. Seus olhos miúdos espreitam ou se perdem. A mulher engordou; traz na mão um missal e toda ela parece o emblema de uma calma e resignada viuvez. Acostumou-se à tristeza e já não a trocaria, quem sabe, pela felicidade. Frente a frente, os dois se olham nos olhos. A multidão os separa, desgarra-os. Wakefield foge para seu alojamento, fecha a porta, dá duas voltas na chave e se atira na cama, onde um soluço o sacode. Por um instante, enxerga a miserável singularidade de sua vida. "Wakefield, Wakefield! Você está louco!", diz para si mesmo. Talvez esteja. No centro de Londres, desvinculou-se do mundo. Sem ter morrido, renunciou a seu lugar e privilégios entre os vivos. Mentalmente continua vivendo em seu lar, junto da mulher. Não sabe, ou quase nunca sabe, que é outro. Repete "logo voltarei" e não pensa que faz vinte anos que vem repetindo a mesma coisa. Na memória, os vinte anos de solidão parecem um interlúdio, um mero parêntese. Numa tarde, numa tarde igual às outras, igual a milhares de tardes anteriores, Wakefield contempla a própria casa. Pelos vidros vê que no primeiro andar acenderam o fogo; no forro emoldurado, as chamas projetam a sombra grotesca da senhora Wakefield. Começa a chover; Wakefield sente uma rajada de frio. Parece ridículo se molhar, quando aí tem sua casa, o seu lar. Sobe pesadamente a escada e abre a porta. Em seu rosto brinca, espectral, o sorriso matreiro que conhecemos. Wakefield voltou, por fim. Hawthorne não nos conta seu destino ulterior, mas nos deixa adivinhar que já estava, de certo modo, morto. Transcrevo as palavras finais: "Na desordem aparente de nosso mundo misterioso, cada homem se ajusta a um sistema com tão refinado rigor — e os sistemas entre si, e todos a tudo — que o indivíduo que se desvia por um só instante corre o risco terrível de perder para sempre seu lugar. Corre o risco de ser, como Wakefield, o Pária do Universo".

Nesta breve e infausta parábola — que data de 1835 — já estamos no mundo de Herman Melville, no mundo de Kafka. Um mundo de castigos enigmáticos e culpas indecifráveis. Pode-se dizer que isso nada tem de singular, pois o universo de Kafka é o do judaísmo, enquanto o de

Hawthorne é o das iras e castigos do Velho Testamento. A observação é justa, mas seu alcance não ultrapassa a ética, e a horrível história de Wakefield e muitas das histórias de Kafka têm não só uma ética em comum como também uma retórica. Há, por exemplo, a profunda *trivialidade* do protagonista, que contrasta com a magnitude de sua perdição e o entrega, ainda mais desvalido, às Fúrias. Há o fundo apagado contra o qual se recorta o pesadelo. Hawthorne, noutras narrativas, evoca um passado romântico; nesta, limita-se a uma Londres burguesa, cuja multidão lhe serve, além do mais, para esconder o herói.

Aqui, sem nenhum demérito para Hawthorne, eu gostaria de introduzir uma observação. A circunstância, a estranha circunstância, de encontrar num conto de Hawthorne, redigido no início do século XIX, o mesmo sabor dos contos em que Kafka trabalhou no início do século XX, não nos deve fazer esquecer que o sabor de Kafka foi criado, foi determinado por Kafka. "Wakefield" prefigura Kakfa, mas este modifica e afina a leitura de "Wakefield". A dívida é mútua: um grande escritor cria os seus precursores. Cria-os e de certo modo os justifica. Assim, o que seria de Marlowe sem Shakespeare?

O tradutor e crítico Malcolm Cowley vê em "Wakefield" uma alegoria da curiosa reclusão de Nathaniel Hawthorne. Schopenhauer, em passagem famosa, escreve que não há ato, que não há pensamento, que não há doença que não sejam voluntários; se houver verdade nessa opinião, será possível conjecturar que Nathaniel Hawthorne se afastou durante muitos anos da sociedade dos homens para que não faltasse no universo, cujo propósito talvez seja a variedade, a história singular de

Wakefield. Se Kafka tivesse escrito essa história, Wakefield não teria conseguido, jamais, voltar para casa; Hawthorne permite que ele volte, mas sua volta não é menos lamentável nem menos atroz que sua longa ausência.

Uma parábola de Hawthorne, que esteve a ponto de ser magistral e não é, pois foi prejudicada pela preocupação com a ética, é a que se intitula "Earth's Holocaust": o Holocausto da Terra. Nessa ficção alegórica, Hawthorne prevê um momento em que os homens, fartos de acumulações inúteis, resolvem destruir o passado. Reúnem-se num entardecer para esse fim, num dos vastos territórios do Oeste dos Estados Unidos. Homens de todos os confins do mundo chegam àquela planície. No centro fazem uma fogueira altíssima, que alimentam com todas as genealogias, todos os diplomas, todas as medalhas, todas as ordens, todos os títulos de nobreza, todos os brasões, todas as coroas, todos os cetros, todas as tiaras, todas as púrpuras, todos os dosséis, todos os tronos, todos os alcoóis, todas as sacas de café, todas as caixas de chá, todos os charutos, todas as cartas de amor, toda a artilharia, todas as espadas, todas as bandeiras, todos os tambores marciais, todos os instrumentos de tortura, todas as guilhotinas, todas as forcas, todos os metais preciosos, todo o dinheiro, todos os títulos de propriedade, todas as Constituições e códigos, todos os livros, todas as mitras, todas as dalmáticas, todas as Sagradas Escrituras que povoam e exaurem hoje a Terra. Hawthorne observa com assombro e certo escândalo a combustão; um homem de ar pensativo lhe diz que ele não deve se alegrar nem se entristecer, pois a vasta pirâmide de fogo não consumiu senão o que era consumível nas coisas. Outro espectador — o demônio — comenta que os empresários do Holocausto se esqueceram de jogar no fogo o essencial, o coração humano, onde está a raiz de todo pecado, e que apenas teriam destruído umas quantas formas. Hawthorne conclui assim: "O coração, o coração, é essa a pequena esfera ilimitada em que se enraíza a culpa daquilo que o crime e a miséria do mundo apenas simbolizam. Purifiquemos essa esfera interior, e as muitas formas do mal que obscurecem este mundo visível fugirão feito fantasmas, porque se não ultrapassarmos a inteligência e procurarmos, com esse instrumento imperfeito, discernir e corrigir o que nos atormenta, toda a nossa obra será um sonho. Um sonho tão insubstancial que pouco importará que a fogueira que descrevi com tanta fidelidade seja o que chamamos um fato real e um fogo que chamusca as mãos ou um fogo imaginário e uma parábola". Hawthorne, aqui, se deixou levar pela doutrina cristã, especificamente calvinista, da depravação inata nos homens, e não parece ter notado que sua parábola de uma destruição ilusória de todas as coisas é suscetível de um sentido filosófico e não apenas moral. Com efeito, se o mundo for sonho de Alguém, se houver Alguém que agora esteja nos sonhando e que sonha a história do universo, como prega a doutrina da escola idealista, a aniquilação das religiões e das artes, o incêndio geral das bibliotecas não será muito mais importante do que a destruição dos móveis de um sonho. A mente que alguma vez os sonhou voltará a sonhá-los; enquanto a mente continuar sonhando, nada se terá perdido. A convicção desta verdade, que parece fantástica, fez com que Schopenhauer, em seu livro *Parerga und Paralipomena*, comparasse a história com um caleidoscópio, no qual as figuras mudam, mas não os pedacinhos de vidro, com uma eterna e confusa tragicomédia em que mudam os papéis e as máscaras, mas não os atores. Essa mesma intuição de que o universo é uma projeção de nossa alma e de que a história universal está em cada homem levou Emerson a escrever o poema que se intitula "History".

No que se refere à fantasia de abolir o passado, não sei se cabe lembrar que ela foi ensaiada na China, com sorte adversa, três séculos antes de Jesus. Escreve Herbert Allen Giles: "O ministro Li Su propôs que a história começasse com o novo monarca, que recebeu o título de Primeiro Imperador. Para ceifar as vãs pretensões da Antiguidade, ordenou-se a confiscação e queima de todos os livros, salvo os que ensinassem agricultura, medicina ou astrologia. Aqueles que esconderam livros foram marcados a ferro em brasa e obrigados a trabalhar na construção da Grande Muralha. Muitas obras preciosas pereceram; a posteridade deve à abnegação e à coragem de obscuros e ignorados homens de letras a conservação do cânone de Confúcio. Tantos literatos, conta-se, foram executados por desacatar as ordens imperiais, que no inverno cresceram melões no lugar onde tinham sido enterrados". Na Inglaterra, em meados do século XVII, idêntico propósito ressurgiu em meio aos puritanos, os antepassados de Hawthorne. "Num dos parlamentos populares convocados por Cromwell", relata Samuel Johnson, "se propôs muito seriamente que fossem queimados os arquivos da torre de Londres, que se apagasse toda memória das coisas pretéritas e que toda a gestão da vida recomeçasse." Ou seja, o propósito de abolir o passado já aconteceu no passado e — paradoxalmente — é uma das provas de que o passado não pode ser abolido. O passado é indestrutível;

cedo ou tarde todas as coisas voltam, e uma das coisas que voltam é o projeto de abolir o passado.

Como Stevenson, filho também de puritanos, Hawthorne nunca deixou de sentir que a tarefa do escritor era frívola ou, o que é pior, motivo de culpa. No prólogo da *Letra escarlate*, imagina a sombra dos que o antecederam olhando-o escrever seu romance. A passagem é curiosa: "Que estará fazendo? — diz uma velha sombra às outras. — Está escrevendo um livro de contos! Que ofício será esse, que modo de glorificar a Deus ou de ser útil aos homens, em seu devido tempo e geração? A mesma coisa seria se esse desnaturado fosse violinista". A passagem é curiosa, porque encerra uma espécie de confidência e corresponde a escrúpulos íntimos. Corresponde também ao antigo pleito entre a ética e a estética ou, se quisermos, entre a teologia e a estética. Um de seus primeiros testemunhos consta na Sagrada Escritura e proíbe os homens de adorar ídolos. Outro é o de Platão, que no décimo livro da *República* argumenta deste modo: "Deus cria o Arquétipo (a ideia original) da mesa; o carpinteiro, um simulacro". Outro é o de Maomé, que declarou que toda representação de uma coisa viva comparecerá diante do Senhor, no dia do Juízo Final. Os anjos ordenarão ao artífice que a anime; este fracassará e será lançado no Inferno durante certo tempo. Alguns doutores muçulmanos afirmam que estão vedadas apenas as imagens capazes de projetar sombra (as esculturas)... De Plotino, conta-se que praticamente se envergonhava de habitar um corpo e que não permitiu aos escultores a perpetuação de suas feições. Certa vez um amigo lhe implorou que se deixasse retratar; Plotino disse: "Fico bastante cansado de ter que arrastar este simulacro em que a natureza me mantém encarcerado. Devo consentir ainda que se perpetue a imagem desta imagem?".

Nathaniel Hawthorne desfez essa dificuldade (que não é ilusória) do jeito que sabemos; compôs moralidades e fábulas; fez ou procurou fazer da arte uma função da consciência. Assim, para ficar com um só exemplo, o romance *The House of the Seven Gables* (A casa das sete torres) quer mostrar que o mal cometido por uma geração perdura e se prolonga nas seguintes, como uma espécie de castigo herdado. Andrew Lang comparou esse romance com os de Émile Zola, ou com a teoria dos romances de Émile Zola; salvo algum assombro momentâneo, não sei que utilidade pode ter a aproximação desses nomes heterogêneos. O fato de Hawthorne buscar ou tolerar um propósito de índole moral não invalida, não pode invalidar, sua obra. No decurso de uma vida consagrada menos a viver do que a ler, verifiquei muitas vezes que os propósitos e teorias literárias não passam de estímulos e que a obra final costuma ignorá-los e até contradizê-los. Se no autor houver algo, nenhum propósito, por mais fútil ou errôneo que seja, poderá afetar, de modo irreparável, sua obra. Um autor pode padecer de preconceitos absurdos, mas sua obra, se for genuína, se corresponder a uma visão genuína, não poderá ser absurda. Por volta de 1916, os romancistas da Inglaterra e da França acreditavam (ou acreditavam que acreditavam) que todos os alemães eram demônios; em seus romances, no entanto, apresentavam-nos como seres humanos. Em Hawthorne, a visão germinal era sempre verdadeira; o falso, o eventualmente falso, era a moral da história, que acrescentava no último parágrafo, ou os personagens que imaginava, que armava, para representá-la.

Os personagens da *Letra escarlate* — especialmente Hester Prynne, a heroína — são mais independentes, mais autônomos do que os de outras ficções suas; costumam assemelhar-se aos habitantes da maioria dos romances e não são meras projeções de Hawthorne ligeiramente disfarçadas. Essa objetividade, essa relativa e parcial objetividade, talvez seja a razão que levou dois escritores tão agudos (e tão diferentes) como Henry James e Ludwig Lewisohn a julgarem *A letra escarlate* a obra-prima de Hawthorne, seu legado imprescindível. Arrisco-me a divergir dessas duas autoridades. Quem busca objetividade, quem tem fome e sede de objetividade, deverá procurá-la em Joseph Conrad ou em Tolstói; quem buscar o sabor peculiar de Hawthorne vai encontrá-lo menos em seus elaborados romances do que em alguma página lateral ou nos contos leves e patéticos. Não sei bem como fundamentar minha divergência; nos três romances americanos e no *Fauno de mármore* vejo apenas uma série de situações, urdidas com destreza profissional para comover o leitor, mas não uma espontânea e viva atividade da imaginação. Esta (repito) produziu o argumento geral e as digressões, e não a articulação dos episódios e a psicologia — de alguma coisa temos de chamá-la — dos atores.

Johnson observa que nenhum escritor gosta de dever algo a seus contemporâneos; Hawthorne ignorou-os na medida do possível. Talvez tenha feito bem; talvez nossos contemporâneos — sempre — se pareçam demais conosco, e quem está atrás de novidades vai encontrá-las com mais facilidade nos antigos. Hawthorne, segundo seus biógrafos, não leu De Quincey, não leu Keats, não leu Victor Hugo — que também não se leram entre si. Groussac não tolerava que um americano pudesse ser original; em Hawthorne, denunciou "a notável influência de Hoffmann"; juízo que parece fundado numa equitativa ignorância de ambos os autores. A imaginação de Hawthorne é romântica; seu estilo, apesar de alguns excessos, corresponde ao do século XVIII, ao fraco final do admirável século XVIII.

Li vários fragmentos do diário que Hawthorne escreveu para distrair sua longa solidão; relatei, ainda que brevemente, dois contos; agora vou ler uma página do *Marble Faun* para vocês ouvirem Hawthorne. O tema é aquele poço ou abismo que se abriu, segundo os historiadores latinos, no centro do Fórum, e em cujo cego fundo um romano se jogou, armado e a cavalo, para tornar propícios os deuses. Reza o texto de Hawthorne:

> — Admitamos — disse Kenyon — que este seja precisamente o lugar onde se abriu a caverna, na qual o herói se atirou com seu bom cavalo. Imaginemos o buraco enorme e escuro, impenetravelmente fundo, com vagos monstros e faces atrozes olhando lá de baixo e enchendo de horror os cidadãos que haviam se aproximado da borda. Havia dentro, não se pode duvidar, visões proféticas (exposições de todos os infortúnios de Roma), sombras de gauleses e vândalos e dos soldados francos. Que pena que o tamparam tão depressa! Eu daria qualquer coisa por uma espiada.
>
> — Eu acho — disse Miriam — que não há ninguém que não lance um olhar nessa fenda nos momentos sombrios de abatimento, isto é, de intuição.
>
> — Essa fenda — disse o amigo dela — era só uma boca do abismo de escuridão que está debaixo de nós, em toda parte. A substância mais firme da felicidade dos homens é

> uma lâmina interposta sobre esse abismo e que mantém nosso mundo ilusório. Não é preciso um terremoto para rompê-la; basta apoiar o pé. Temos que pisar com muito cuidado. Inevitavelmente, afundamos no fim. Foi um tolo alarde de heroísmo o de Cúrcio quando se adiantou para precipitar-se lá no fundo, pois Roma inteira, como veem, já caiu. O Palácio dos Césares caiu com um ruído de pedras desmoronadas. Todos os templos caíram, e ainda jogaram milhares de estátuas. Todos os exércitos e triunfos também caíram, marchando, naquela caverna, e soava a música marcial enquanto se despenhavam...

Até aqui Hawthorne. Do ponto de vista da razão (da mera razão que não deve se intrometer nas artes), a candente passagem que traduzi é indefensável. A fenda que se abriu no meio do Fórum é demasiadas coisas. No decurso de um único parágrafo é a fenda de que falam os historiadores latinos e também é a boca do Inferno "com vagos monstros e faces atrozes", e ainda é o horror essencial da vida humana assim como o Tempo, que devora estátuas e exércitos, além de ser a Eternidade, que encerra os tempos. É um símbolo múltiplo, um símbolo capaz de muitos valores, talvez incompatíveis. Para a razão, para o entendimento lógico, essa variedade de valores pode constituir um escândalo, mas não para os sonhos, que têm sua álgebra singular e secreta e em cujo ambíguo território uma coisa pode ser muitas coisas. Esse mundo de sonhos é o de Hawthorne. Certa vez, ele se propôs a escrever um sonho, "que fosse como um sonho verdadeiro e que tivesse a incoerência, as esquisitices e a falta de propósito dos sonhos", e se maravilhou de que ninguém, até aquele dia, tivesse realizado algo semelhante. No mesmo diário em que deixou escrito esse estranho projeto — que toda a nossa literatura "moderna" procura pôr em prática, e que talvez só Lewis Carroll tenha realizado — anotou milhares de impressões corriqueiras de pequenos traços concretos (o movimento de uma galinha, a sombra de um galho na parede) que abrangem seis volumes, cuja inexplicável abundância é a consternação de todos os biógrafos. "Parecem cartas agradáveis e inúteis", escreve com perplexidade Henry James, "que teria endereçado para si mesmo um homem temeroso de que as abrissem no correio e que, de antemão, tivesse resolvido não dizer nada de comprometedor." Tenho para mim que Nathaniel Hawthorne registrava, ao longo dos anos, essas trivialidades a fim de demonstrar para si mesmo que era real, para se libertar, de alguma forma, da impressão de irrealidade, de ser um fantasma, que com frequência o visitava.

Em certo dia de 1840, ele escreveu: "Aqui estou no meu quarto habitual, onde parece que sempre estou. Aqui concluí muitos contos, muitos dos quais depois queimei, muitos que, sem dúvida, mereciam esse destino ardente. Este é um cômodo enfeitiçado, porque milhares e milhares de visões povoaram seu interior e algumas agora se tornaram visíveis para o mundo. Às vezes julgava estar na sepultura, gelado, imobilizado e intumescido; outras vezes, julgava ser feliz... Agora começo a compreender por que fui prisioneiro tantos anos deste quarto solitário e por que não pude romper suas grades invisíveis. Se tivesse conseguido me evadir antes, agora seria duro e áspero e teria o coração coberto de pó terreno... Na verdade, somos somente sombras...". Nas linhas que acabo de transcrever, Hawthorne menciona “milhares e milhares de visões”. A cifra talvez não seja uma hipérbole; os doze tomos das obras completas de Hawthorne incluem cento e tantos contos, e estes são uns poucos dos muitíssimos que esboçou em seu diário. (Entre os concluídos há um — “Mr. Higginbotham’s Catastrophe” (“A morte repetida”) — que prefigura o gênero policial inventado por Poe). Miss Margaret Fuller, que conviveu com ele na comunidade utópica de Brook Farm, escreveu depois: “Daquele oceano só tivemos umas gotas”, e Emerson, que também era amigo dele, acreditava que Hawthorne não tivesse dado completamente sua medida. Hawthorne casou-se em 1842, ou seja, aos 38 anos; sua vida, até essa data, foi quase puramente imaginativa, mental. Trabalhou na alfândega de Boston, foi cônsul dos Estados Unidos em Liverpool, morou em Florença, Roma e Londres, mas sua realidade foi, sempre, o tênue mundo crepuscular, ou lunar, das imaginações fantásticas.

No começo desta aula, mencionei a doutrina do psicólogo Jung que equipara as invenções literárias às invenções oníricas, a literatura aos sonhos. Essa doutrina não parece aplicável às literaturas que usam o idioma espanhol, clientes do dicionário e da retórica, mas não da fantasia. Em compensação, é adequada às letras da América do Norte. Estas (como as da Inglaterra e da Alemanha) são mais capazes de inventar que de transcrever, de criar que de observar. Desse traço procede a curiosa veneração que os norte-americanos tributam às obras realistas e que os leva a postular, por exemplo, que Maupassant seja mais importante do que Hugo. A razão é que um escritor norte-americano tem a possibilidade de ser Hugo; não, sem violência, de ser Maupassant. Comparada com a dos Estados

Unidos, que deu vários homens de gênio, que influiu na Inglaterra e na França, nossa literatura argentina corre o risco de parecer um tanto provinciana; contudo, no século XIX, produziu algumas páginas de realismo — algumas admiráveis crueldades de Echeverría, Ascasubi, Hernández, do ignorado Eduardo Gutiérrez — que os norte-americanos não superaram (talvez não tenham igualado) até hoje. Faulkner, se poderia objetar, não é menos brutal que nossos gauchescos. Ele o é, bem o sei, mas de um modo alucinatório. De um modo infernal, não terrestre. Do modo dos sonhos, do modo inventado por Hawthorne.

Este morreu no dia 18 de maio de 1864, nas montanhas de New Hampshire. Sua morte foi tranquila e misteriosa, pois ocorreu durante o sono. Nada nos impede de imaginar que morreu sonhando, e até podemos inventar a história que sonhava — a última de uma série infinita — e de que forma a morte a coroou ou apagou. Algum dia talvez eu a escreva, e vou procurar compensar com um conto aceitável essa aula deficiente e um tanto digressiva.

Van Wyck Brooks, em *The Flowering of New England*, D. H. Lawrence, em *Studies in Classic American Literature*, e Ludwig Lewisohn, em *The Story of American Literature*, analisam e julgam a obra de Hawthorne. Há muitas biografias. Eu consultei a que Henry James redigiu em 1879 para a série *English Men of Letters*, de Morley.

Morto Hawthorne, os demais escritores herdaram sua tarefa de sonhar. Na próxima aula estudaremos, se a indulgência de vocês puder tolerar, a glória e os tormentos de Poe, em quem o sonho se exacerbou em pesadelo.

a muralha e os livros

He, whose long wall the wand'ring Tartar bounds...
Dunciad, II, 76.

Li, dias atrás, que o homem que ordenou a construção da quase infinita muralha chinesa foi aquele primeiro imperador, Che Huang-ti, que também mandou queimar todos os livros anteriores a ele. Que as duas vastas operações — as quinhentas a seiscentas léguas de pedras contrapostas aos bárbaros, a rigorosa abolição da história, isto é, do passado — procedessem da mesma pessoa e fossem de certa forma atributos dela, inexplicavelmente me deixou satisfeito e, a uma só vez, inquieto. Indagar as razões dessa emoção é o objetivo desta nota.

Historicamente, não há mistério nas duas medidas. Contemporâneo das guerras de Aníbal, Che Huang-ti, rei de Tsin, submeteu os Seis Reinos a seu poder e desfez o sistema feudal; ergueu a muralha, porque muralhas eram defesas; queimou os livros, porque a oposição recorria a eles para louvar os antigos imperadores. Queimar livros e erguer fortificações é tarefa comum dos príncipes; o único fato singular quanto a Che Huang-ti foi a escala em que agiu. É o que alguns sinólogos dão a entender, mas sinto que os fatos que relatei são mais do que um exagero ou uma hipérbole de medidas triviais. Cercar um pomar ou um jardim é comum; cercar um império, não. Também não é banal pretender que a mais tradicional das raças renuncie à memória de seu passado, mítico ou verdadeiro. Três mil anos de cronologia tinham os chineses (e durante esses anos, o Imperador Amarelo, Chuang Tzu, Confúcio, Lao Tsé) quando Che Huang-ti ordenou que a história começasse com ele.

Che Huang-ti desterrara a mãe por libertinagem; em sua dura justiça, os ortodoxos viram apenas falta de piedade; Che Huang-ti talvez quisesse apagar os livros canônicos porque estes o acusavam; Che Huang-ti talvez tenha querido abolir todo o passado para abolir uma única lembrança: a infâmia de sua mãe. (Não de outro modo, um rei, na Judeia, mandou matar todas as crianças para matar uma.) Esta conjectura é admissível, mas nada nos diz da muralha, da segunda face do mito. Che Huang-ti, segundo os historiadores, proibiu que se mencionasse a morte e procurou o elixir da imortalidade, vivendo recluso num palácio figurativo, que constava de tantos aposentos quantos dias tem o ano; estes dados sugerem que a muralha no espaço e o incêndio no tempo foram barreiras mágicas destinadas a deter a morte. Todas as coisas querem persistir em seu ser, escreveu Baruch Espinosa; decerto o imperador e seus magos acreditavam que a imortalidade é intrínseca e que a degeneração não pode entrar num mundo fechado. Talvez o imperador tenha querido recriar o princípio do tempo e se chamou Primeiro para ser realmente primeiro, e se chamou Huang-ti para ser de algum modo Huang-ti, o legendário imperador que inventou a escrita e a bússola. Aquele, segundo o Livro dos Ritos, deu o nome verdadeiro às coisas; da mesma forma,

Che Huang-ti se jactou, em inscrições que perduram, de que todas as coisas, sob o seu império, tivessem o nome que lhes convém. Sonhou fundar uma dinastia imortal; ordenou que seus herdeiros se chamassem Segundo Imperador, Terceiro Imperador, Quarto Imperador, e assim até o infinito... Falei de um propósito mágico; também caberia supor que erguer a muralha e queimar os livros não tenham sido atos simultâneos. Isso (conforme a ordem que escolhêssemos) nos daria a imagem de um rei que começou por destruir e depois se resignou a conservar, ou de um rei desenganado que destruiu o que antes defendia. Ambas as conjecturas são dramáticas, mas carecem, que eu saiba, de fundamento histórico. Herbert Allen Giles conta que aqueles que esconderam livros foram marcados a ferro em brasa e condenados a construir, até o dia de sua morte, a desmesurada muralha. Este fato favorece ou tolera outra interpretação. Talvez a muralha fosse uma metáfora, talvez Che Huang-ti tenha condenado os que adoravam o passado a uma obra tão vasta quanto o passado, tão tosca e tão inútil quanto ele. Talvez a muralha fosse um desafio, e Che Huang-ti tenha pensado: "Os homens amam o passado e contra esse amor nada posso, nem podem os meus carrascos, mas algum dia haverá um homem que sinta como eu, e ele destruirá minha muralha como eu destruí os livros, e ele apagará minha memória e será a minha sombra e o meu espelho e não o saberá". Talvez Che Huang-ti tenha amuralhado o império porque sabia que este era perecível, e destruído os livros por entender que eram livros sagrados, ou seja, livros que ensinam o que ensina o universo inteiro ou a consciência de cada homem. Talvez o incêndio das bibliotecas e a construção da muralha sejam operações que de forma secreta se anulam.

A muralha tenaz que neste momento, e em todos, projeta seu sistema de sombras sobre terras que não verei é a sombra de um César que ordenou que a mais reverente das nações queimasse seu passado; é verossímil que a ideia nos toque por si mesma, além das conjecturas que permite. (Sua virtude pode estar na oposição entre construir e destruir, em enorme escala.) Generalizando o caso anterior, poderíamos inferir que *todas* as formas têm sua virtude em si mesmas, e não num "conteúdo" conjectural. Isso estaria de acordo com a tese de Benedetto Croce; já Pater, em 1877, afirmou que todas as artes aspiram à condição da música, que não é senão forma. A música, os estados de felicidade, a mitologia, os rostos trabalhados pelo tempo, certos crepúsculos e certos lugares querem nos dizer algo, ou algo disseram que não deveríamos ter perdido, ou estão a ponto de dizer algo; essa iminência de uma revelação que não se produz é, quem sabe, o fato estético.

Buenos Aires, 1950

sobre oscar wilde

Mencionar o nome de Wilde é mencionar um dândi que fosse também um poeta, é evocar a imagem de um cavalheiro dedicado ao pobre propósito de assombrar com gravatas e metáforas. Também é evocar a noção da arte como um jogo seleto ou secreto — à maneira do tapete de Hugo Vereker e do tapete de Stefan George — e do poeta como um laborioso *monstrorum artifex* (Plínio, XXVIII, 2). É evocar o esmorecido crepúsculo do século XIX e aquela opressiva pompa de jardim-de-inverno ou de baile de máscaras. Nenhuma dessas evocações é falsa, mas afirmo que todas correspondem a verdades parciais e contradizem, ou menosprezam, fatos notórios.

Consideremos, por exemplo, a noção de que Wilde foi uma espécie de simbolista. Ela se apoia numa porção de circunstâncias: Wilde, por volta de 1881, foi chefe dos estetas e, dez anos depois, dos decadentes; Rebeca West acusa-o (*Henry James*, III), com perfídia, de impor à última dessas seitas "o selo da classe média"; o vocabulário do poema "The Sphynx" é estudadamente magnífico; Wilde foi amigo de Schwob e Mallarmé. Refuta-a um fato capital: em verso ou em prosa, a sintaxe de Wilde é sempre simplicíssima. Dos muitos escritores britânicos, nenhum é tão acessível aos estrangeiros. Leitores incapazes de decifrar um parágrafo de Kipling ou uma estrofe de William Morris começam e concluem numa mesma tarde *Lady Windermere's Fan*. A métrica de Wilde é espontânea ou quer parecer espontânea; sua obra não contém um único verso experimental, como este duro e sábio alexandrino de Lionel Johnson: "*Alone with Christ, desolate else, left by mankind*".*

A insignificância *técnica* de Wilde pode ser um argumento a favor de sua grandeza intrínseca. Se a obra de Wilde correspondesse à natureza de sua fama, seria formada por meros artifícios do tipo de *Les Palais nomades* ou de *Los crepúsculos del jardín*. Na obra de Wilde esses artifícios abundam; recordemos o 11º capítulo de *Dorian Gray* ou "The Harlot's House" ou ainda "Symphony in Yellow" — mas seu caráter adjetivo é notório. Wilde pode prescindir desses *purple patches* (retalhos de púrpura); frase cuja invenção é a ele atribuída por Ricketts e Hesketh Pearson, mas que já se encontra no exórdio da *Epístola aos Pisões*. Essa atribuição prova o hábito de vincular ao nome de Wilde a noção de passagens decorativas.

Lendo e relendo Wilde ao longo dos anos, noto um fato que seus panegiristas nem sequer parecem ter suspeitado: o fato comprovável e elementar de que Wilde, quase sempre, tem razão. *The Soul of Man under Socialism* não é apenas eloquente; também é justo. As notas em forma de miscelânea que ele esbanjou na *Pall Mall Gazette* e no *Speaker* estão repletas de límpidas observações que

* "Só com Cristo, desamparado dos outros, abandonado pela humanidade."

superam as melhores possibilidades de Leslie Stephen ou de Saintsbury. Wilde foi acusado de exercer uma espécie de arte combinatória, à maneira de Ramon Llull; isso se aplica talvez a algumas de suas tiradas espirituosas ("um desses rostos britânicos que, vistos uma vez, sempre se esquecem"), mas não ao juízo de que a música nos revela um passado desconhecido e talvez real (*The Critic as Artist*) ou àquele de que todos os homens matam aquilo que amam (*The Ballad of Reading Gaol*), ou ainda àquele outro de que se arrepender de um ato é modificar o passado (*De Profundis*), assim como àquele,[1] não indigno de Léon Bloy ou de Swedenborg, de que não há homem que não seja, em cada momento, o que foi e o que será (*ibidem*). Não transcrevo estas linhas para veneração do leitor; cito-as como indício de uma mentalidade muito diferente daquela que, em geral, se atribui a Wilde. Este, se não me engano, foi muito mais que um Moréas irlandês; foi um homem do século XVIII, que uma vez ou outra condescendeu aos jogos do simbolismo. Como Gibbon, como Johnson, como Voltaire, foi um homem engenhoso que, além do mais, tinha razão. Foi, "para dizer de uma vez palavras fatais, um clássico, em suma".[2] Deu ao século o que o século exigia — *comédies larmoyantes* para a maioria e arabescos verbais para a minoria —, e realizou essas coisas díspares com uma espécie de negligente felicidade. Foi prejudicado pela perfeição; sua obra é tão harmoniosa que pode pare-

1 Cf. a curiosa tese de Leibniz, que tanto escândalo produziu em Arnauld: "A noção de cada indivíduo encerra *a priori* todos os fatos que irão se passar com ele". Segundo esse fatalismo dialético, o fato de que Alexandre, o Grande, morreria na Babilônia é um atributo desse rei, assim como a soberba.

2 A frase é de Reyes, que a aplica ao homem mexicano (*Reloj de sol*, p. 158).

cer inevitável e mesmo fútil. É difícil para nós imaginar o universo sem os epigramas de Wilde; essa dificuldade não os torna menos plausíveis.

Uma observação lateral. O nome de Oscar Wilde está vinculado às cidades da planície; sua glória, à condenação e ao cárcere. Contudo (isto Hesketh Pearson sentiu muito bem), o sabor fundamental de sua obra é a felicidade. Em compensação, a valorosa obra de Chesterton, protótipo da sanidade física e moral, sempre está a ponto de se transformar num pesadelo. Espreitam-na o diabólico e o horrendo; pode assumir, na página mais inócua, as formas do terror. Chesterton é um homem que quer recuperar a infância; Wilde, um homem que guarda, em que pesem os hábitos do mal e da má sorte, uma invulnerável inocência.

Como Chesterton, como Lang, como Boswell, Wilde é daqueles felizardos que podem prescindir da aprovação da crítica e mesmo, às vezes, da aprovação do leitor, pois o prazer que nos proporciona o trato com ele é irresistível e constante.

sobre chesterton

Because He does not take away
The terror from the tree...
Chesterton, *A Second Childhood*

Edgar Allan Poe escreveu contos de puro horror fantástico ou de pura *bizarrerie*; Edgar Allan Poe foi o inventor do conto policial. Isso não é menos indubitável do que o fato de que não combinou os dois gêneros. Não impôs ao cavalheiro Auguste Dupin a tarefa de deslindar o antigo crime do Homem das Multidões ou de explicar o simulacro que fulminou, na câmara negra e escarlate, o mascarado príncipe Próspero. Chesterton, ao contrário, foi pródigo, com paixão e felicidade, nesses *tours de force*. Cada uma das peças da saga do padre Brown apresenta um mistério, propõe explicações de tipo demoníaco ou mágico para substituí-las, no final, por outras que são deste mundo. A mestria não esgota a virtude dessas breves ficções; nelas creio perceber uma história cifrada de Chesterton, um símbolo ou espelho de Chesterton. A repetição de seu esquema ao longo dos anos e dos livros (*The Man Who Knew Too Much*, *The Poet and the Lunatics*, *The Paradoxes of Mr. Pound*) parece confirmar que se trata de uma forma essencial, e não de um artifício retórico. Estes apontamentos querem interpretar essa forma.

Antes, convém reconsiderar alguns fatos de excessiva notoriedade. Chesterton foi católico, Chesterton acreditou na Idade Média dos pré-rafaelitas (*Of London, Small and White, and Clean*), Chesterton pensou, como Whitman, que o mero fato de ser é tão prodigioso que nenhum infortúnio deve nos eximir de uma espécie de gratidão cósmica. Tais crenças podem ser justas, mas o interesse que promovem é limitado; supor que esgotam Chesterton é esquecer que um credo é o último termo de uma série de processos mentais e emocionais, e que um homem é toda a série. Neste país, os católicos exaltam Chesterton, os livres-pensadores o negam. Como todo escritor que professa um credo, Chesterton é julgado por ele, é reprovado ou aclamado por ele. Seu caso é similar ao de Kipling, que é sempre julgado em função do Império Britânico.

Poe e Baudelaire propuseram-se, como o atormentado Urizen de Blake, a criar um mundo terrível; é natural que a obra deles seja pródiga em formas do horror. Chesterton, ao que me parece, não teria tolerado que o acusassem de ser um tecelão de pesadelos, um *monstrorum artifex* (Plínio, XXVIII, 2), mas costuma incorrer, inevitavelmente, em visões atrozes. Pergunta se por acaso um homem pode ter três olhos, ou um pássaro três asas; fala, contra os panteístas, de um morto que, no paraíso, descobre que os espíritos dos coros angélicos têm, infindavelmente, seu próprio rosto;[1] fala de uma prisão de espelhos; fala de um

1 Ampliando um pensamento de Attar ("Em toda parte vemos só o Teu rosto"), Jalal-uddin Rumi compôs alguns versos traduzidos por Rückert (*Werke*, IV, 222) em que se diz que nos céus, no mar e nos sonhos há Um Só, e em que se elogia esse Único por ter reduzido à unidade os quatro briosos animais que puxam o carro dos mundos: a terra, o fogo, o ar e a água.

labirinto sem centro; fala de um homem devorado por autômatos de metal; fala de uma árvore que devora os pássaros e que em lugar de folhas dá penas; imagina (*The Man Who Was Thursday*, VI) que nos confins orientais do mundo talvez exista uma árvore que já é mais, e menos, do que uma árvore e, nos extremos ocidentais, algo, uma torre, que só por sua arquitetura já é malvada. Define o próximo pelo distante, e ainda pela atrocidade; se fala de seus olhos, chama-os com palavras de Ezequiel (1, 22), *um terrível cristal*; se da noite, aperfeiçoa um antigo horror (Apocalipse, 4, 6), e a chama de *monstro feito de olhos*. Não menos exemplar é a narrativa "How I Found the Superman". Chesterton fala com os pais do Super-Homem: indagados sobre a beleza do filho que não sai de um quarto escuro, eles o fazem lembrar de que o Super-Homem cria seu próprio cânone e por ele deve ser medido ("Nesse plano é mais belo do que Apolo. Visto a partir de nosso plano inferior, óbvio..."); depois admitem que não é fácil apertar a mão dele ("O senhor compreende, a estrutura é muito diferente"); em seguida, não são capazes de precisar se ele tem cabelo ou penas. Uma corrente de ar o mata, e alguns homens retiram um caixão que não tem formato humano. Chesterton relata em tom de brincadeira essa fantasia teratológica.

Tais exemplos, que seria fácil multiplicar, provam que Chesterton se resguardou de ser Edgar Allan Poe ou Franz Kafka, mas que algo no barro de seu eu tendia para o pesadelo, algo secreto, cego e central. Não terá sido em vão que dedicou suas primeiras obras à justificação dos grandes artífices góticos, Browning e Dickens; não terá sido em vão que repetiu que o melhor livro saído da

Alemanha era o dos contos de Grimm. Denegriu Ibsen e defendeu (talvez indefensavelmente) Rostand, mas os Trolls e o Forjador de *Peer Gynt* eram da matéria dos seus sonhos, *the stuff his dreams were made of.* Essa discórdia, essa precária sujeição de uma vontade demoníaca, define a natureza de Chesterton. Imagens emblemáticas dessa guerra são para mim as aventuras do padre Brown, cada uma das quais quer explicar, somente através da razão, um fato inexplicável.[2] Por isso, eu disse, no parágrafo inicial desta nota, que suas ficções eram a história cifrada de Chesterton, símbolos e espelhos de Chesterton. Isso é tudo, exceto que a razão a que Chesterton submeteu suas imaginações não era exatamente a razão, mas a fé católica, ou seja, um conjunto de imaginações judaicas, subordinadas a Platão e Aristóteles.

Recordo duas parábolas que se opõem. A primeira consta do primeiro tomo das obras de Kafka. É a história do homem que pede para ter acesso à lei. O guardião da primeira porta lhe diz que dentro há muitas outras[3] e que não há sala que não esteja vigiada por um guardião, cada um mais forte do que o anterior. O homem senta-se para esperar. Passam-se os dias e os anos, e o homem morre. Na agonia, pergunta: "Será possível que em todos esses anos que espero terei sido o único a querer entrar?". O guardião lhe responde: "Ninguém quis entrar porque somente a ti estava destinada esta porta. Agora vou

2 Não a explicação do inexplicável, mas a do que é confuso, constitui a tarefa que se impõem, em geral, os romancistas policiais.

3 A noção de portas atrás de portas que se interpõem entre o pecador e a glória se encontra no *Zohar.* Veja-se Glatzer, *In Time and Eternity*, 30; também Martin Buber, *Tales of the Hasidim*, 92.

fechá-la". (Kafka comenta essa parábola, complicando-a ainda mais, no nono capítulo de *O processo.*) A outra parábola se encontra no *Pilgrim's Progress*, de Bunyan. As pessoas olham cobiçosas para um castelo guardado por muitos guerreiros; na porta há um guardião com um livro para escrever o nome daquele que for digno de entrar. Um homem intrépido se aproxima desse guardião e lhe diz: "Anote meu nome, senhor". Tira imediatamente a espada e se lança sobre os guerreiros e recebe e causa ferimentos sangrentos, até abrir caminho em meio ao fragor e entrar no castelo.

Chesterton dedicou a vida a escrever a segunda dessas parábolas, mas algo nele sempre se inclinou para escrever a primeira.

o espelho dos enigmas

A ideia de que a Sagrada Escritura tem (além do valor literal) um valor simbólico não é irracional e é antiga: está em Fílon de Alexandria, nos cabalistas, em Swedenborg. Como os fatos referidos pela Escritura são verdadeiros (Deus é a Verdade, a Verdade não pode mentir etc.), devemos admitir que os homens, ao realizá-los, representaram cegamente um drama secreto, determinado e premeditado por Deus. Daí a pensar que a história do universo — e nela nossas vidas e o mais tênue detalhe de nossas vidas — tem um valor inconjecturável, simbólico, não vai uma distância infinita. Muitos devem tê-la percorrido; ninguém tão assombrosamente quanto Léon Bloy. (Nos fragmentos psicológicos de Novalis e no tomo da autobiografia de Machen chamado *The London Adventure* há uma hipótese afim: a de que o mundo externo — as formas, as temperaturas, a Lua — é uma linguagem que nós, os homens, esquecemos, ou que mal soletramos... Também De Quincey[1] a declara: "Até os sons irracionais do globo devem ser outras tantas álgebras e linguagens que de algum modo

1 *Writings*, 1896, v. I, p. 129.

têm suas chaves correspondentes, sua gramática rigorosa e sua sintaxe, e assim as mínimas coisas do universo podem ser espelhos secretos das maiores".)

Um versículo de são Paulo (1 Coríntios, 13, 12) inspirou Léon Bloy: "*Videmus nunc per speculum in aenigmate: tunc autem facie ad faciem. Nunc cognosco ex parte: tunc autem cognoscam sicut et cognitus sum*". Torres Amat traduz miseravelmente: "No presente não vemos *Deus* senão como num espelho, e sob imagens obscuras; mas então *o* veremos face a face. Eu não *o* conheço agora senão imperfeitamente; mas então eu *o* irei conhecer *com uma visão clara*, da maneira pela qual eu sou conhecido". Quarenta e quatro palavras fazendo as vezes de 22; impossível ser mais palavroso e mais frouxo. Cipriano de Valera é mais fiel: "Agora vemos por espelho, na obscuridade; mas então *veremos* face a face. Agora conheço em parte; mas então conhecerei como sou conhecido". Torres Amat opina que o versículo se refere à nossa visão da divindade; Cipriano de Valera (e Léon Bloy), à nossa visão geral.

Que eu saiba, Bloy não deu forma definitiva à sua conjectura. Ao longo de sua obra fragmentária (pródiga, como ninguém ignora, em lamentos e afrontas) há versões ou facetas variadas. Eis aqui algumas, que resgatei das páginas clamorosas de *Le Mendiant ingrat*, *Le Vieux de la montagne* e *L'Invendable*. Não creio tê-las esgotado: espero que algum especialista em Léon Bloy (eu não sou) as complete e retifique.

A primeira é de junho de 1894. Traduzo-a assim: "A sentença de são Paulo: '*Videmus nunc per speculum in aenigmate*' seria uma claraboia para se submergir no verdadeiro Abismo, que é a alma humana. A aterradora imensidão dos abismos do firmamento é uma ilusão, um reflexo exterior de *nossos abismos*, percebidos 'num espelho'. Devemos inverter nossos olhos e exercer uma astronomia sublime no infinito de nossos corações, pelos quais Deus quis morrer... Se vemos a Via Láctea, é porque ela existe *verdadeiramente* em nossa alma".

A segunda é de novembro do mesmo ano. "Recordo uma de minhas ideias mais antigas. O czar é o chefe e o pai espiritual de 150 milhões de homens. Responsabilidade atroz, que é só aparente. Diante de Deus, talvez ele não seja responsável senão por uns poucos seres humanos. Se os pobres de seu império estiverem oprimidos durante seu reinado, se desse reinado resultarem catástrofes imensas, quem sabe se o criado encarregado de lhe lustrar as botas não é o único e verdadeiro culpado? Nas disposições misteriosas da Profundidade, quem é de fato czar, quem é rei, quem pode se jactar de ser um mero criado?"

A terceira é de uma carta escrita em dezembro. "Tudo é símbolo, até a dor mais dilacerante. Somos aqueles que dormem e gritam durante o sono. Não sabemos se determinada coisa que nos aflige não é o princípio secreto de nossa alegria ulterior. Vemos agora, afirma são Paulo, *per speculum in aenigmate*, literalmente, 'em enigma por meio de um espelho' e não veremos de outro modo até o advento Daquele que está todo em chamas e que deve nos ensinar todas as coisas."

A quarta é de maio de 1904. "*Per speculum in aenigmate*, diz são Paulo. Vemos todas as coisas ao contrário. Quando acreditamos dar, recebemos etc. Então (me diz uma querida alma angustiada) estamos no céu e Deus sofre na terra."

A quinta é de maio de 1908. "Aterradora ideia de Joana, acerca do texto *Per speculum*. Os prazeres deste mundo seriam os tormentos do inferno, vistos *ao contrário*, num espelho."

A sexta é de 1912. Em cada uma das páginas de *L'Âme de Napoléon*, livro cujo propósito é decifrar o símbolo *Napoleão*, considerado como precursor de outro herói — homem e símbolo também — que está oculto no futuro. Basta citar duas passagens. Uma: "Cada homem está na Terra para simbolizar algo que ignora e para realizar uma partícula, ou uma montanha, dos materiais invisíveis que servirão para edificar a Cidade de Deus". A outra: "Não há na Terra ser humano algum capaz de declarar quem é, com certeza. Ninguém sabe o que veio fazer neste mundo, a que correspondem seus atos, seus sentimentos, suas ideias, nem qual é o seu *nome* verdadeiro, seu imorredouro Nome no registro da Luz... A história é um imenso texto litúrgico em que os iotas e os pontos não valem menos do que os versículos ou capítulos inteiros, mas a importância de uns e outros é indeterminável e está profundamente oculta".

Os parágrafos anteriores talvez pareçam ao leitor meras gratuidades de Bloy. Que eu saiba, nunca se cuidou de pensar sobre eles. Eu me atrevo a julgá-los verossímeis, e talvez inevitáveis dentro da doutrina cristã. Bloy (repito) não fez outra coisa senão aplicar a toda a Criação o método que os cabalistas judeus aplicaram à Escritura. Eles pensaram que uma obra ditada pelo Espírito Santo era um texto absoluto: ou seja, um texto em que a colaboração do acaso é calculável em zero. Essa premissa portentosa de um livro impermeável à contingência, de um livro que é um mecanismo de propósitos infinitos, levou-os a permutar as palavras da Escritura, a somar o valor numérico das letras, a considerar sua forma, a observar as minúsculas e maiúsculas, a procurar acrósticos e anagramas, e a outros rigores exegéticos de que não é difícil zombar. Sua apologia é que nada pode ser contingente na obra de uma inteligência infinita.[2] Léon Bloy postula esse caráter hieroglífico — esse caráter de escrita divina, de criptografia dos anjos — em todos os instantes e em todos os seres do mundo. O supersticioso crê penetrar nessa escrita orgânica; treze comensais articulam o símbolo da morte; uma opala amarela, o da desgraça...

É duvidoso que o mundo tenha sentido; é mais duvidoso ainda que tenha duplo e triplo sentido, observará o incrédulo. Eu entendo que assim é; mas entendo que o mundo hieroglífico postulado por Bloy é o que mais convém à dignidade do Deus intelectual dos teólogos.

"Nenhum homem sabe quem é", afirmou Léon Bloy. Ninguém melhor do que ele ilustra essa ignorância íntima. Julgava ser um católico rigoroso e foi um continuador dos cabalistas, um irmão secreto de Swedenborg e Blake: heresiarcas.

2 O que é uma inteligência infinita?, indagará talvez o leitor. Não há teólogo que não a defina; eu prefiro um exemplo. Os passos que um homem dá, desde o dia de seu nascimento até o de sua morte, desenham no tempo uma inconcebível figura. A Inteligência de Deus intui essa figura imediatamente, assim como a dos homens um triângulo. Essa figura tem (talvez) determinada função na economia do universo.

a escrita do deus

A prisão é profunda e de pedra; sua forma, a de um hemisfério quase perfeito, se bem que o piso (que também é de pedra) seja um pouco menor que um círculo máximo, fato que agrava de certo modo os sentimentos de opressão e imensidade. Um muro corta-a no meio; embora altíssimo, ele não toca a parte superior da abóbada; de um lado estou eu, Tzinacán, mago da pirâmide de Qaholom, que Pedro de Alvarado incendiou; do outro há um jaguar, que mede com secretos passos iguais o tempo e o espaço do cativeiro. Ao rés do chão, uma longa janela com barras corta o muro central. Na hora sem sombra [o meio-dia], abre-se um alçapão no alto, e um carcereiro que os anos foram apagando maneja uma roldana de ferro e desce até nós, na ponta de uma corda, cântaros com água e pedaços de carne. A luz entra na abóbada; nesse instante consigo ver o jaguar.

Perdi a conta dos anos que já passei na treva; eu, que um dia fui jovem e podia caminhar por esta prisão, não faço outra coisa a não ser aguardar, na postura de minha morte, o fim que os deuses me destinam. Com a funda faca de sílex abria o peito das vítimas e agora não conseguiria me levantar do pó sem magia.

Na véspera do incêndio da pirâmide, os homens que desceram de altos cavalos me castigaram com metais ardentes para que revelasse o lugar de um tesouro escondido. Derrubaram, diante de meus olhos, o ídolo do deus, mas este não me abandonou e me mantive em silêncio em meio aos tormentos. Dilaceraram-me, quebraram-me, deformaram-me e, depois, acordei neste cárcere que já não deixarei durante minha vida mortal.

Premido pela fatalidade de fazer alguma coisa, de povoar de algum modo o tempo, quis recordar, em minha sombra, tudo o que sabia. Noites inteiras perdi rememorando a ordem e o número de algumas serpentes de pedra ou a forma de uma árvore medicinal. Assim fui debelando os anos, assim fui entrando na posse do que já era meu. Certa noite senti que me aproximava de uma lembrança precisa; antes de ver o mar, o viajante sente uma agitação no sangue. Horas mais tarde, comecei a avistar a lembrança; era uma das tradições do deus. Este, prevendo que no fim dos tempos ocorreriam muitas desventuras e ruínas, escreveu no primeiro dia da Criação uma sentença mágica, capaz de conjurar aqueles males. Escreveu-a de maneira que chegasse às mais distantes gerações e que não fosse tocada pelo acaso. Ninguém sabe em que ponto a escreveu nem com que caracteres, mas consta que perdura, secreta, e que um eleito a lerá. Considerei que estávamos, como sempre, no fim dos tempos e que meu destino de último sacerdote do deus me daria acesso ao privilégio de intuir aquela escrita. O fato de que uma prisão me rodeasse não me impedia essa esperança; talvez eu já tivesse visto milhares de vezes a inscrição de Qaholom e só me faltasse entendê-la.

Essa reflexão me animou e depois me infundiu uma espécie de vertigem. No âmbito da Terra existem formas antigas, formas incorruptíveis e eternas; qualquer uma delas podia ser o símbolo procurado. Uma montanha podia ser a palavra do deus, ou um rio ou o império ou a configuração dos astros. Mas no decorrer dos séculos as montanhas se aplainam e o curso de um rio costuma se desviar e os impérios conhecem mutações e estragos e a figura dos astros varia. No firmamento há mudança. A montanha e a estrela são indivíduos e os indivíduos caducam. Procurei algo mais persistente, mais invulnerável. Pensei nas gerações dos cereais, dos pastos, dos pássaros, dos homens. Talvez em meu rosto estivesse escrita a magia, talvez eu mesmo fosse a meta de minha busca. Estava nesse afã quando me lembrei de que o jaguar era um dos atributos do deus.

Então minha alma se encheu de piedade. Imaginei a primeira manhã do tempo, imaginei meu deus confiando a mensagem à pele viva dos jaguares, que se amariam e gerariam infindavelmente, em cavernas, em canaviais, em ilhas, para que os últimos homens a pudessem receber. Imaginei essa rede de tigres, esse candente labirinto de tigres, causando horror nas pradarias e nos rebanhos para conservar um desenho. Na outra cela havia um jaguar; em sua vizinhança percebi uma confirmação de minha conjectura e um secreto favor.

Dediquei longos anos a aprender a ordem e a configuração das manchas. Cada cega jornada me concedia um instante de luz, e assim consegui fixar na mente as negras formas que marcavam a pelagem amarela. Algumas incluíam pontos; outras formavam riscas transversais na face interior das pernas; outras, anulares, repetiam-se. Talvez fossem um mesmo som ou uma mesma palavra. Muitas tinham bordas vermelhas.

Não vou falar das fadigas de meu trabalho. Mais de uma vez gritei para a abóbada que era impossível decifrar aquele texto. Gradualmente, o enigma concreto que me ocupava me inquietou menos que o enigma genérico de uma sentença escrita por um deus. Que tipo de sentença (perguntei a mim mesmo) construirá uma mente absoluta? Considerei que nem nas linguagens humanas existe proposição que não implique o universo inteiro; dizer *o tigre* é dizer os tigres que o geraram, os cervos e as tartarugas que devorou, o pasto de que se alimentaram os cervos, a terra que foi mãe do pasto, o céu que deu à luz a terra. Refleti que na linguagem de um deus toda palavra enunciaria essa infinita concatenação dos fatos, e não de um modo implícito, mas explícito, e não de um modo progressivo, mas imediato. Com o tempo, a noção de uma sentença divina me pareceu pueril ou blasfema. Um deus, pensei, só deve dizer uma palavra e nessa palavra a plenitude. Nenhuma voz articulada por ele pode ser inferior ao universo ou menos que a soma do tempo. Sombras ou simulacros dessa voz que equivale a uma linguagem e a todas as coisas que uma linguagem pode abranger são as ambiciosas e pobres vozes humanas, *tudo*, *mundo*, *universo*.

Um dia ou uma noite — entre meus dias e minhas noites, que diferença existe? — sonhei que no piso da prisão havia um grão de areia. Tornei a dormir, indiferente; sonhei que acordava e que havia dois grãos de areia. Tornei a dormir; sonhei que os grãos de areia eram três.

Foram, assim, multiplicando-se até preencher a prisão e eu morria sob aquele hemisfério de areia. Compreendi que estava sonhando; com um enorme esforço consegui despertar. O despertar foi inútil; a areia inumerável me sufocava. Alguém me disse: "Não acordaste para a vigília, mas para um sonho anterior. Esse sonho está dentro de outro, e assim até o infinito, que é o número dos grãos de areia. O caminho que terás de desandar é interminável e morrerás antes de ter acordado realmente".

Senti-me perdido. A areia me rasgava a boca, mas gritei: "Nenhuma areia sonhada consegue me matar, nem existem sonhos que estejam dentro de sonhos". Um clarão me acordou. Na treva superior delineava-se um círculo de luz. Vi o rosto e as mãos do carcereiro, a roldana, a corda, a carne e os cântaros.

Um homem se confunde, gradualmente, com a forma de seu destino; um homem é, afinal, suas circunstâncias. Mais que um decifrador ou um vingador, mais que um sacerdote do deus, eu era um prisioneiro. Do incansável labirinto de sonhos eu voltei para a dura prisão, como para minha casa. Bendisse a umidade, bendisse o tigre, bendisse a fresta de luz, bendisse meu velho corpo dolorido, bendisse a treva e a pedra.

Aconteceu então o que não consigo esquecer nem comunicar. Aconteceu a união com a divindade, com o universo (não sei se essas palavras diferem). O êxtase não repete seus símbolos; existe quem tenha visto Deus num clarão, existe quem o tenha percebido numa espada ou nos círculos de uma rosa. Eu vi uma Roda altíssima, que não estava diante de meus olhos, nem atrás, nem de lado, mas em toda parte, ao mesmo tempo. Essa Roda era feita de água, mas também de fogo, e era (embora se visse a borda) infinita. Entretecidas, formavam-na todas as coisas que serão, que são e que foram, e eu era um dos fios daquela trama total, e Pedro de Alvarado, que me torturou, era outro. Ali estavam as causas e os efeitos e me bastava ver aquela Roda para tudo entender, infindavelmente. Ó felicidade de entender, maior que a de imaginar ou a de sentir! Vi o universo e vi os desígnios íntimos do universo. Vi as origens que o Livro do Comum narra. Vi as montanhas que surgiram da água, vi os primeiros homens de pau, vi as barricas que se voltaram contra os homens, vi os cães que lhes destroçavam o rosto. Vi o deus sem rosto que existe atrás dos deuses. Vi infinitos processos que constituíam uma única felicidade e, entendendo tudo, consegui entender também a escrita do tigre.

É uma fórmula de catorze palavras casuais (que parecem casuais) e me bastaria dizê-la em voz alta para ser todo-poderoso. Bastaria dizê-la para abolir esta prisão de pedra, para que o dia entrasse em minha noite, para ser jovem, para ser imortal, para que o tigre destroçasse Alvarado, para cravar a santa faca em peitos espanhóis, para reconstruir a pirâmide, para reconstruir o império. Quarenta sílabas, catorze palavras, e eu, Tzinacán, regeria as terras que Montezuma regeu. Mas eu sei que nunca direi aquelas palavras, porque já não me lembro de Tzinacán.

Que morra comigo o mistério que está escrito nos tigres. Quem tenha entrevisto o universo, quem tenha entrevisto os ardentes desígnios do universo, não pode pensar num homem, em suas felicidades triviais ou em suas desventuras, embora esse homem seja ele. Esse homem *foi ele* e agora não lhe importa. Que lhe importa a sorte daquele outro, que lhe importa a nação daquele outro, se ele, agora, é ninguém. Por isso não pronuncio a fórmula, por isso deixo que os dias se esqueçam de mim, deitado na escuridão.

para Ema Risso Platero

das alegorias aos romances

Para todos nós, a alegoria é um erro estético. (Meu primeiro propósito foi escrever "não passa de um erro da estética", mas logo notei que minha frase comportava uma alegoria.) Que eu saiba, o gênero alegórico foi analisado por Schopenhauer (*Die Welt als Wille und Vorstellung*, I, 50), De Quincey (*Writings*, XI, 198), Francesco De Sanctis (*Storia della letteratura italiana*, VII), Croce (*Estetica*, 39) e Chesterton (*G. F. Watts*, 83); neste ensaio me limitarei aos dois últimos. Croce nega a arte alegórica, Chesterton a defende; opino que a razão está com o primeiro, mas gostaria de saber como pôde gozar de tanto favor uma forma que nos parece injustificável.

As palavras de Croce são cristalinas; basta traduzi-las: "Se o símbolo for concebido como inseparável da intuição artística, será sinônimo da própria intuição, que sempre tem caráter ideal. Se o símbolo for concebido como separável, se por um lado pudermos expressar o símbolo e por outro a coisa simbolizada, recairemos no erro intelectualista; o suposto símbolo é a exposição de um conceito abstrato, é uma alegoria, é ciência, ou arte que arremeda a ciência. Mas também devemos ser justos com o alegórico e observar que em alguns casos ele é inócuo. Da *Jerusalém libertada* pode-se extrair qualquer moralidade; do *Adonis*, de Marino, poeta da lascívia, a reflexão de que o prazer desmesurado termina em dor; diante de uma estátua, o escultor pode colocar um cartaz dizendo que ela é a Clemência ou a Bondade. Tais alegorias adicionadas a uma obra concluída não a prejudicam. São expressões acrescentadas extrinsecamente a outras expressões. À *Jerusalém* se acrescenta uma página em prosa que expressa outro pensamento do poeta; ao *Adonis*, um verso ou uma estrofe que expressa o que o poeta quer dar a entender; à estátua, a palavra *clemência* ou a palavra *bondade*". Na página 222 do livro *La poesia* (Bari, 1946), o tom é mais hostil: "A alegoria não é um modo direto de manifestação espiritual, mas uma espécie de escrita ou criptografia".

Croce não admite diferença entre o conteúdo e a forma. Esta é aquele e aquele é esta. A alegoria lhe parece monstruosa porque aspira a resumir numa forma dois conteúdos: o imediato ou literal (Dante, guiado por Virgílio, chega a Beatriz) e o figurado (o homem finalmente chega à fé, guiado pela razão). Julga que esse modo de escrever comporta trabalhosos enigmas.

Chesterton, para defender o alegórico, começa por negar que a linguagem esgote a expressão da realidade. "O homem sabe que há na alma matizes mais desconcertantes, mais inumeráveis e mais anônimos que as cores de uma floresta outonal. Crê, no entanto, que esses matizes, em todas as suas fusões e conversões, são representáveis com precisão por um mecanismo arbitrário de grunhidos e chiados. Crê que de dentro de um corretor da Bolsa possam realmente sair ruídos capazes de exprimir todos os mistérios da memória e todas as agonias do desejo". Declarada insuficiente a linguagem, há lugar para outras formas de expressão; a alegoria pode ser uma delas, como a arquitetura ou a música. É formada por palavras, mas não é uma linguagem da linguagem, um signo de outros signos da virtude valorosa ou das iluminações secretas que essa palavra indica. Um signo mais preciso que o monossílabo, mais rico e mais feliz.

Não sei muito bem qual dos eminentes antagonistas tem razão; sei que, em algum momento, a arte alegórica pareceu encantadora (o labiríntico *Roman de la rose*, que perdura em duzentos manuscritos, consta de 24 mil versos) e agora é intolerável. Sentimos que, além de intolerável, é estúpida e frívola. Nem Dante, que figurou a história de sua paixão na *Vita nuova*; nem o romano Boécio, redigindo na torre de Pavia, à sombra da espada de seu carrasco, o *De consolatione*, teriam entendido esse sentimento. Como explicar a discórdia sem recorrer a uma petição de princípio sobre gostos que mudam?

Observa Coleridge que todos os homens nascem aristotélicos ou platônicos. Os últimos intuem que as ideias são realidades; os primeiros, que são generalizações; para estes, a linguagem não passa de um sistema de signos arbitrários; para aqueles, é o mapa do universo. O platônico sabe que o universo é de algum modo um cosmos, uma ordem; essa ordem, para o aristotélico, pode ser um erro ou uma ficção de nosso conhecimento parcial. Através das latitudes e das épocas, os dois antagonistas imortais trocam de dialeto e de nome: um é Parmênides, Platão, Espinosa, Kant, Francis Bradley; o outro Heráclito, Aristóteles, Locke, Hume, William James. Nas árduas escolas da Idade Média todos invocam Aristóteles, mestre da razão humana (*Convivio*, IV, 2), mas os nominalistas são Aristóteles; os realistas, Platão. George Henry Lewes opinou que o único debate medieval que tem algum valor filosófico é o que ocorre entre nominalismo e realismo; o juízo é temerário, mas destaca a importância dessa controvérsia tenaz que uma sentença de Porfírio, vertida e comentada por Boécio, provocou no início do século IX, que Anselmo e Roscelino mantiveram no fim do século XI e que Guilherme de Occam reanimou no século XIV.

Como seria de supor, tantos anos multiplicaram ao infinito as posições intermediárias e as distinções; cabe, no entanto, afirmar que para o realismo o primordial eram os universais (Platão diria as ideias, as formas; nós, os conceitos abstratos), e para o nominalismo, os indivíduos. A história da filosofia não é um vão museu de distrações e jogos verbais; verossimilmente, as duas teses correspondem a dois modos de intuir a realidade. Maurice de Wulf escreve: "O ultrarrealismo recolheu as primeiras adesões. O cronista Heriman (século XI) denomina *antiqui doctores* os que ensinam a dialética *in re*; Abelardo fala dela como de uma *antiqua doctrina*, e até o fim do século XII se aplica a seus adversários o nome de *moderni*". Uma tese agora inconcebível pareceu evidente no século IX, e de certo modo perdurou até o século XIV. O nominalismo, antes a novidade de alguns poucos, hoje abrange o mundo todo; sua vitória é tão vasta e fundamental que seu nome se tornou inútil. Ninguém se declara nominalista, porque não há quem seja outra coisa. Tratemos de entender, no entanto, que para os homens da Idade Média o substantivo não eram os homens, mas a humanidade, não os indivíduos, mas a espécie, não as espécies, mas o gênero, não os gêneros, mas Deus. De tais conceitos (cuja mais clara manifestação talvez seja o quádruplo sistema de Erígena) derivou, no meu entender, a literatura alegórica. Esta é a fábula de abstrações, como o romance é uma fábula de indivíduos. As abstrações são personificadas; por isso, em toda alegoria há alguma coisa de romanesco. Os indivíduos que os romancistas propõem querem ser genéricos (Dupin é a Razão, Dom Segundo Sombra, o *gaucho*); nos romances há um elemento alegórico.

A passagem de alegoria a romance, de espécies a indivíduos, de realismo a nominalismo, exigiu alguns séculos, mas me atrevo a sugerir uma data ideal. Aquele dia de 1382 em que Geoffrey Chaucer, que talvez não se julgasse nominalista, quis traduzir para o inglês o verso de Boccaccio "*E con gli occulti ferri i Tradimenti*" (E com ferros ocultos as Traições), e o repetiu deste modo: "*The smyler with the knyf under the cloke*" (O sorridente, com a faca sob a capa). O original se encontra no sétimo livro da *Teseida*; a versão, no "Knightes Tale".

Buenos Aires, 1949

as *kenningar**

Nas histórias da literatura lemos que o verso germânico medieval constava de dois hemistíquios: no primeiro, duas palavras aliteravam, ou seja, começavam com o mesmo som; no último, uma palavra aliterava com as duas anteriores. Essa estrutura rigorosa nem sempre corresponde à realidade. Versos como "*Ofer brade brimu Brytene sohtan*" (Sobre o amplo mar os bretões buscaram), da "Ode de Brunanburh", na qual o grupo consonantal *br* ocorre três vezes, são relativamente raras.

Genzmer escreveu que o verso aliterativo é melhor que o rimado, já que nele cada linha é uma unidade, mas se esquece de que ele não permite a formação de estrofes. Ao cabo de três versos rimados,

> *Talvez faltasse a pátria ao grande Osuna*
> *Mas não a sua defesa suas façanhas;*

* A primeira versão deste texto foi publicada em *A história da eternidade*, de 1936. Em 1968, para a *Nova antologia pessoal*, Borges o reescreveu, acrescentando trechos e efetuando uma série de cortes. Optamos por traduzir a última versão. [N. E.]

Deram-lhe morte e cárcere as Espanhas,

o ouvido espera a repetição da rima em *una*; depois de dois versos aliterados,

> *Ne bith him to hearpan hyge, ne to hring-thege, ne to wyfe wyn, ne to worulde hyht...* (Não se dispõe a tocar harpa, nem a distribuir anéis, nem a desfrutar da mulher, nem a esperar algo do mundo...)

Ninguém se lembra da aliteração inicial.

Deliberadamente, escolhemos dois versos anglo-saxões com tripla aliteração; já observamos que, em geral, eles são pouco frequentes. Vejamos, por exemplo, o fragmento heroico de Finnsburg, que é uma das peças mais antigas da poesia germânica. Data, provavelmente, do oitavo século de nossa era ou de fins do sétimo; dos 48 versos que o integram, apenas vinte contêm as três aliterações do cânone, enquanto os demais se limitam a dois. Passemos de um exemplo anglo-saxônico para um exemplo alemão: a não menos famosa "Canção de Hildebrando", que data do século IX, mas cuja rusticidade e singeleza correspondem a uma etapa muito primitiva.

O poema é composto por 77 versos; apenas 25 contêm três palavras aliteradas. Mais preciso, portanto, é falar em vozes acentuadas, marcadas, dentro do possível, pela aliteração. É curioso observar que as vogais aliteravam entre si, embora fossem abertas. Essa assimilação de sons tão diferentes entre si quanto o "a" e o "u" só pode ser explicada caso se postule uma leve aspiração inicial, um início de agá, como na entonação do espanhol em Tucumán. O número de sílabas de cada verso era indeterminado.

A literatura começa pela poesia, e a poesia pela épica; é como se, antes de falar, o homem cantasse. Já que a origem da literatura é oral, essa prioridade bem pode ser atribuída à virtude mnemônica do verso. No Hindustão, segundo Winternitz, os códigos eram redigidos em verso para que se fixassem na memória... Ao mesmo tempo, cabe pensar que o verso é um modelo que basta repetir; a prosa, em compensação, exige a descoberta — como escreveu Robert Louis Stevenson — de variações que constituam ao mesmo tempo um deleite e uma surpresa.

Os temas da épica são extremamente escassos; a aliteração obrigou o poeta a inventar sinônimos. Como o grego, os idiomas germânicos permitem a formação de vozes compostas. Essa facilidade sugeriu os sinônimos necessários que, no início, raras vezes eram metáforas. Vejamos, no dicionário anglo-saxão de Bosworth e Toller, as cinquenta palavras compostas cujo prefixo é *hild* (guerra, batalha). Somente seis são metáforas: *hildegicel*, carambina da guerra, gota de sangue; *hildeleoma*, fulgor da batalha, espada; *hildenaedre*, serpente da batalha, dardo; *hildescur*, chuva da batalha, flechas; *hildeswat*, suor da batalha, sangue; *hildewulf*, lobo da batalha, guerreiro.

Kenning (*kenningar* no plural) é o nome dado a essas metáforas pelos escandinavos. Na Inglaterra, os poetas acabaram por sentir que tais figuras eram uma espécie de lastro. Com o tempo, seu uso foi diminuindo; as elegias anglo-saxônicas do século IX já contêm pouquíssimas delas, ou contêm apenas as que eram ouvidas como sinônimos habituais, não como metáforas.

É o que acontece neste trecho do *Navegante*:

singeth sumeres weard, sorge beodeth
bittre in breosthord...
(Canta o guardião do verão [o cuco], pressagiando amargas tristezas para o tesouro do peito...)

É mais adequado ver na última *kenning* um sinônimo de "coração", e não uma rebuscada perífrase. *Breosthord*, inclusive, já aparece no *Beowulf*.

O mesmo não ocorre com os skáld, os poetas escandinavos da corte. Estes pensaram: Se a nau é o corcel (ou o cervo, ou o bisão) do mar, e se o mar é o caminho da baleia, por que não chamar a nau de corcel do caminho da baleia? O método era perigoso e produziu aberrações glaciais como *alimentador dos cisnes da cerveja da batalha*. A cerveja da batalha é o sangue; os cisnes que a bebem, os corvos; seu alimentador, o guerreiro que o derrama. Outro exemplo: *o habitante do alto da besta ungida da onda*, sendo que a besta ungida da onda é a nau; o alto da nau é a popa; seu habitante, o capitão. Outro: *distribuidor das chamas do campo do falcão*: o campo do falcão é o punho; as chamas do punho são as pulseiras de ouro resplandecente; quem as distribui é o rei generoso. As primitivas *kenningar* eram equações de dois termos (água da espada = sangue); as ulteriores o foram de muitos, que o público tinha de ir esclarecendo gradualmente. Sua índole era técnica; o poeta, como Joyce ou como Ezra Pound, versejava para outros poetas, não para a emoção. Seria injusto omitir que as laboriosas perífrases que enumeramos eram, em cada caso, uma palavra única e assombrosa, composta por substantivos breves. *Mithgarth's ormr* é menos pesado que serpente do recinto do centro, serpente que rodeia a terra.

Decifremos, agora, algumas estrofes em que há muitas *kenningar.* Esta, da saga de Njal:

O aniquilador da prole dos gigantes
quebrou o forte bisão da pradaria da gaivota.
Do mesmo modo os deuses, enquanto o guardião do sino se lamentava,
destroçaram o falcão da ribeira.
Pouca valia teve o rei dos gregos
para o cavalo que corre pelos arrecifes.

O aniquilador da prole dos gigantes é o deus Thor, cujo nome perdura no dia *Thursday* (quinta-feira). O guardião do sino é um representante da igreja de Roma. O rei dos gregos é Jesus Cristo, pela vaga razão de que esse é um dos títulos do imperador de Constantinopla, e de que Jesus Cristo não o é menos. O bisão da pradaria da gaivota, o falcão da ribeira e o cavalo que corre sobre arrecifes não são três animais anômalos, mas uma única nau feita em pedaços. Dessas penosas equações sintáticas, a primeira é de segundo grau, visto que a pradaria da gaivota já é um nome do mar. Desatados esses nós parciais, deixo ao leitor o esclarecimento total das linhas, um pouco *décevant* por certo. O germanista Niedner venera o "humano-contraditório" dessas figuras e as sugere ao interesse "de nossa moderna poesia, ansiosa de valores de realidade". Outro exemplo, alguns versos de Egil Skalagrímson, que participou da batalha de Brunanburh e celebrou essa vitória dos saxões numa ode que encerra uma elegia à memória de seu irmão mais moço, tombado ao lado dele:

Os tingidores dos dentes do lobo
prodigalizaram a carne do cisne rubro.
O falcão do orvalho da espada
Alimentou-se com heróis na planície.
Serpentes da lua dos piratas
atenderam à vontade dos Ferros.

Versos como o terceiro e o quinto proporcionam, penso, uma satisfação imediata. O que eles tratam de transmitir é indiferente; o que sugerem, nulo. Não convidam a sonhar, não provocam imagens ou paixões; não são um ponto de partida, são desenlaces.

O deleite — o suficiente e mínimo deleite — está em sua variedade, no heterogêneo contato de suas palavras. Não é impossível que assim o tenham entendido os inventores, e que seu caráter de símbolos fosse um mero suborno à razão. Os Ferros são as divindades; a lua dos piratas, o escudo; sua serpente, a lança; o orvalho da espada, o sangue; seu falcão, o corvo; cisne rubro, toda ave ensanguentada; carne do cisne rubro, os mortos; os tingidores dos dentes dos lobos, os vitoriosos. A reflexão repudia essas conversões. Lua dos piratas não é a expressão mais necessária que permite o escudo, mas é um fato estético. Reduzir cada metáfora a uma palavra não é desvendar incógnitas: é anular por completo o poema.

Baltasar Gracián y Morales, da Companhia de Jesus, tem contra si certas perífrases laboriosas, tratando do estio ou da aurora, de mecanismo semelhante ao das *kenningar*. Em lugar de apresentá-las diretamente, dedicou-se a justificá-las e coordená-las com receio culposo. Eis aqui o melancólico produto desse afã:

Depois que no celeste Anfiteatro
O ginete do dia
Sobre Flegetonte toureou valente
O luminoso Touro
Vibrando por hastilhas raios de ouro
Aplaudindo suas sortes
O bonito espetáculo de Estrelas
— Turba de damas belas
que a fruir de seu tamanho —, alegre mora
Por cima dos terraços do Arrebol —;
Depois de que em singular metamorfose
Com seus talões de penas
E com crista de fogo
À grande multidão de astros luzentes
(Galinhas dos relvados celestiais)
Presidiu Galo o boquirroto Febo
Entre os pintinhos do tindário Ovo,
pois por traição divina a grande Leda
Se empolhou choca concebeu galinha...

O frenesi galináceo-taurino do reverendo padre não é o maior pecado de sua rapsódia. Pior é o aparato lógico: a aposição de cada nome e de sua metáfora atroz, a vindicação impossível dos despautérios. O trecho de Egil Skalagrímson é um enigma, ou nem sequer um problema; o do inverossímil espanhol, uma confusão. O admirável é que Gracián era um bom prosador, um escritor capaz, às vezes, de artifícios hábeis. Prova disso é o desenvolvimento desta sentença, que é de sua lavra: *Pequeno corpo de Chrysólogo, encerra espírito gigante; breve panegírico de Plínio se mede com a eternidade.*

Nas *kenningar* predomina o caráter funcional. Elas definem os objetos por seu aspecto, menos que por seu emprego. Costumam animar o que tocam, sem deixar de inverter o procedimento quando seu tema é vivo. Assim, chamam a espada de *lobo das feridas*, a lança de *dragão de cadáveres*, e o guerreiro de *árvore da espada*. Foram e estão suficientemente perdidas, fato que me induziu a recordar essas hoje esquecidas flores verbais.

No livro terceiro da *Retórica*, Aristóteles afirmou que toda metáfora surge da intuição de uma analogia entre coisas dissimilares; Middleton Murry exige que a analogia seja real e que até aquele momento ela não tenha sido observada. Desconfio que a última condição é desnecessária. Um epigrama da Antologia Grega declara "*Quisera ser a noite para te olhar com milhares de olhos*"; Chesterton define a noite como um monstro feito de olhos. Os dois exemplos equiparam olhos e estrelas, mas o primeiro exprime a ansiedade, a ternura e a exaltação, e o segundo, o terror. Nossa imaginação aceita as duas. As *kenningar*, em compensação, são ou parecem ser o resultado de um processo mental que trata de encontrar semelhanças fortuitas. Não correspondem a nenhuma emoção. Derivam de um laborioso jogo combinatório, não de uma brusca percepção de afinidades íntimas. A meta lógica pode justificá-las, não o sentimento.

Um exemplo final, retirado do *Beowulf*. É a palavra *ban-hus* (*bone house*, casa dos ossos), cujo sentido é corpo; a imaginação a repele, já que o sangue que caminha e a carne sensível são mais vivos que o osso.

sobre os clássicos

Poucas disciplinas haverá de maior interesse que a etimologia: isso se deve às imprevisíveis transformações do sentido primitivo das palavras, ao longo do tempo. Uma vez dadas tais transformações, que podem beirar o paradoxo, de nada ou quase nada nos servirá para o esclarecimento de um conceito a origem de uma palavra. Saber que cálculo, em latim, quer dizer pedrinha e que os pitagóricos usaram essas pedrinhas antes da invenção dos números não nos permite dominar os arcanos da álgebra; saber que hipócrita era ator e *persona*, máscara, não é um instrumento valioso para o estudo da ética. Da mesma forma, para fixar o que hoje entendemos por clássico, é inútil saber que esse adjetivo provém do latim *classis*, frota, que mais tarde adquiriria o sentido de ordem. (Lembremos, de passagem, a formação análoga de *ship-shape*.)

O que é, agora, um livro clássico? Tenho ao alcance da mão as definições de Eliot, Arnold e Sainte-Beuve, sem dúvida razoáveis e luminosas, e gostaria de estar de acordo com esses ilustres autores, mas não vou consultá-los. Completei sessenta e tantos anos; na minha idade, as coincidências ou novidades importam menos que o que consideramos verdadeiro. Vou me limitar, portanto, a declarar o que pensei sobre esse ponto.

Meu primeiro estímulo foi uma *História da literatura chinesa* (1901) de Herbert Allen Giles. No seu segundo capítulo, li que um dos cinco textos canônicos que Confúcio editou é o *Livro das mutações* ou *I Ching*, formado por 64 hexagramas, que esgotam as combinações possíveis de seis linhas partidas ou inteiras. Um dos esquemas, por exemplo, consta de duas linhas inteiras, uma partida e três inteiras, dispostas verticalmente. Um imperador pré-histórico teria descoberto essas linhas na carapaça de uma das tartarugas sagradas. Leibniz imaginou ver nos hexagramas um sistema binário de numeração; outros, uma filosofia enigmática; outros, como Wilhelm, um instrumento para a adivinhação do futuro, já que às 64 figuras correspondem as 64 fases de qualquer empreendimento ou processo; outros, um vocabulário de certa tribo; outros, um calendário. Lembro que Xul Solar costumava reconstruir esse texto com palitos ou fósforos. Para os estrangeiros, o *Livro das mutações* corre o risco de parecer uma mera *chinoiserie*; mas milênios de gerações de homens muito cultos o leram e releram com devoção e continuarão lendo. Confúcio declarou a seus discípulos que se o destino lhe outorgasse mais cem anos , dedicaria a metade deles a seu estudo e ao dos comentários, ou *asas*.

Escolhi, deliberadamente, um exemplo extremo, uma leitura que exige um ato de fé. Chego, agora, à minha tese. Clássico é aquele livro que uma nação ou um grupo de nações ou o longo tempo decidiram ler como se em suas páginas tudo fosse deliberado, fatal, profundo como o cosmos e capaz de interpretações sem fim. Previsivelmente, essas decisões variam. Para os alemães e austríacos *Fausto* é uma obra genial; para outros, uma das mais famosas formas do tédio, como o segundo *Paraíso* de Milton ou a obra de Rabelais. Livros como o de Jó, a *Divina comédia*, *Macbeth* (e, para mim, algumas das sagas do Norte) prometem uma longa imortalidade, mas nada sabemos do futuro, exceto que diferirá do presente. Uma preferência pode muito bem ser uma superstição.

Não tenho vocação para iconoclasta. Por volta de 1930, acreditava, sob a influência de Macedonio Fernández, que a beleza é privilégio de uns poucos autores; agora sei que é comum e que está à nossa espreita nas páginas casuais do medíocre ou numa conversa de rua. Assim, meu desconhecimento das letras malaias ou húngaras é total, mas estou seguro de que, se o tempo me oferecesse a ocasião de estudá-las, nelas encontraria todos os alimentos que o espírito requer. Além das barreiras linguísticas intervêm as barreiras políticas ou geográficas. Burns é um clássico na Escócia; ao sul do Tweed, tem menos interesse que Dunbar ou Stevenson. A glória de um poeta depende, em suma, da excitação ou da apatia das gerações de homens anônimos que a põem à prova, na solidão das bibliotecas.

As emoções que a literatura suscita talvez sejam eternas, mas os meios devem variar constantemente, pelo menos de um modo levíssimo, para não perderem sua virtude. Vão se desgastando à medida que o leitor os reconhece. Daí o perigo de afirmar que existem obras clássicas e que elas continuarão como tais para sempre.

Cada um pode descrer de sua arte e seus artifícios. Eu, que me resignei a pôr em dúvida a perduração indefinida de Voltaire ou Shakespeare, creio (nesta tarde, num dos últimos dias de 1965) na de Schopenhauer e na de Berkeley.

Clássico não é um livro (repito) que necessariamente possui estes ou aqueles méritos; é um livro que as gerações humanas, premidas por razões diversas, leem com prévio fervor e misteriosa lealdade.

poemas em espanhol

la noche que en el sur lo velaron

a Letizia Álvarez de Toledo

Por el deceso de alguien
— misterio cuyo vacante nombre poseo y cuya realidad
no abarcamos —
hay hasta el alba una casa abierta en el Sur,
una ignorada casa que no estoy destinado a rever,
pero que me espera esta noche
con desvelada luz en las altas horas del sueño,
demacrada de malas noches, distinta,
minuciosa de realidad.

A su vigilia gravitada en muerte camino
por las calles elementales como recuerdos,
por el tiempo abundante de la noche,
sin más oíble vida
que los vagos hombres de barrio junto al apagado almacén
y algún silbido solo en el mundo.

Lento el andar, en la posesión de la espera,
llego a la cuadra y a la casa y a la sincera puerta que busco
y me reciben hombres obligados a gravedad
que participaron de los años de mis mayores,

y nivelamos destinos en una pieza habilitada que mira al patio
— patio que está bajo el poder y en la integridad de la noche —
y decimos, porque la realidad es mayor, cosas indiferentes
y somos desganados y argentinos en el espejo
y el mate compartido mide horas vanas.

Me conmueven las menudas sabidurías
que en todo fallecimiento se pierden
— hábito de unos libros, de una llave, de un cuerpo entre los otros —
Yo sé que todo privilegio, aunque oscuro, es de linaje de milagro
y mucho lo es el de participar en esta vigilia,
reunida alrededor de lo que no se sabe: del Muerto,
reunida para acompañar y guardar su primera noche en la muerte.

(El velorio gasta las caras;
los ojos se nos están muriendo en lo alto como Jesús.)

¿Y el muerto, el increíble?
Su realidad está bajo las flores diferentes de él
y su mortal hospitalidad nos dará
un recuerdo más para el tiempo
y sentenciosas calles del Sur para merecerlas despacio
y brisa oscura sobre la frente que vuelve
y la noche que de la mayor congoja nos libra:
la prolijidad de lo real.

fundación mítica de buenos aires

¿Y fue por este río de sueñera y de barro
que las proas vinieron a fundarme la patria?
Irían a los tumbos los barquitos pintados
entre los camalotes de la corriente zaina.

Pensando bien la cosa, supondremos que el río
era azulejo entonces como oriundo del cielo
con su estrellita roja para marcar el sitio
en que ayunó Juan Díaz y los indios comieron.

Lo cierto es que mil hombres y otros mil arribaron
por un mar que tenía cinco lunas de anchura
y aún estaba poblado de sirenas y endriagos
y de piedras imanes que enloquecen la brújula.

Prendieron unos ranchos trémulos en la costa,
durmieron extrañados. Dicen que en el Riachuelo,
pero son embelecos fraguados en la Boca.
Fue una manzana entera y en mi barrio: en Palermo.

Una manzana entera pero en mitá del campo
expuesta a las auroras y lluvias y suestadas.
La manzana pareja que persiste en mi barrio:
Guatemala, Serrano, Paraguay, Gurruchaga.

Un almacén rosado como revés de naipe
brilló y en la trastienda conversaron un truco;
el almacén rosado floreció en un compadre,
ya patrón de la esquina, ya resentido y duro.

El primer organito salvaba el horizonte
con su achacoso porte, su habanera y su gringo.
El corralón seguro ya opinaba YRIGOYEN,
algún piano mandaba tangos de Saborido.

Una cigarrería sahumó como una rosa
el desierto. La tarde se había ahondado en ayeres,
los hombres compartieron un pasado ilusorio.
Sólo faltó una cosa: la vereda de enfrente.

A mí se me hace cuento que empezó Buenos Aires:
la juzgo tan eterna como el agua y el aire.

ajedrez

I

En su grave rincón, los jugadores
rigen las lentas piezas. El tablero
los demora hasta el alba en su severo
ámbito en que se odian dos colores.

Adentro irradian mágicos rigores
las formas: torre homérica, ligero
caballo, armada reina, rey postrero,
oblicuo alfil y peones agresores.

Cuando los jugadores se hayan ido,
cuando el tiempo los haya consumido,
ciertamente no habrá cesado el rito.

En el Oriente se encendió esta guerra
cuyo anfiteatro es hoy toda la tierra.
Como el otro, este juego es infinito.

II

Tenue rey, sesgo alfil, encarnizada
reina, torre directa y peón ladino
sobre lo negro y blanco del camino
buscan y libran su batalla armada.

No saben que la mano señalada
del jugador gobierna su destino,
no saben que un rigor adamantino
sujeta su albedrío y su jornada.

También el jugador es prisionero
(la sentencia es de Omar) de otro tablero
de negras noches y de blancos días.

Dios mueve al jugador, y éste, la pieza.
¿Qué dios detrás de Dios la trama empieza
de polvo y tiempo y sueño y agonías?

el reloj de arena

Está bien que se mida con la dura
sombra que una columna en el estío
arroja o con el agua de aquel río
en que Heráclito vio nuestra locura.

El tiempo, ya que al tiempo y al destino
se parecen los dos: la imponderable
sombra diurna y el curso irrevocable
del agua que prosigue su camino.

Está bien, pero el tiempo en los desiertos
otra substancia halló, suave y pesada,
que parece haber sido imaginada
para medir el tiempo de los muertos.

Surge así el alegórico instrumento
de los grabados de los diccionarios,
la pieza que los grises anticuarios
relegarán al mundo ceniciento

del alfil desparejo, de la espada
inerme, del borroso telescopio,
del sándalo mordido por el opio,
del polvo, del azar y de la nada.

¿Quién no se ha demorado ante el severo
y tétrico instrumento que acompaña
en la diestra del dios a la guadaña
y cuyas líneas repitió Durero?

Por el ápice abierto el cono inverso
deja caer la cautelosa arena,
oro gradual que se desprende y llena
el cóncavo cristal de su universo.

Hay un agrado en observar la arcana
arena que resbala y que declina
y, a punto de caer, se arremolina
con una prisa que es del todo humana.

La arena de los ciclos es la misma
e infinita es la historia de la arena;
así, bajo tus dichas o tu pena,
la invulnerable eternidad se abisma.

No se detiene nunca la caída.
Yo me desangro, no el cristal. El rito
de decantar la arena es infinito
y con la arena se nos va la vida.

En los minutos de la arena creo
sentir el tiempo cósmico: la historia
que encierra en sus espejos la memoria
o que ha disuelto el mágico Leteo.

El pilar de humo y el pilar de fuego,
Cartago y Roma y su apretada guerra,
Simón Mago, los siete pies de tierra
que el rey sajón ofrece al rey noruego,

todo lo arrastra y pierde este incansable
hilo sutil de arena numerosa.
No he de salvarme yo, fortuita cosa
de tiempo, que es materia deleznable.

alusión a la muerte
del coronel francisco borges (1835-74)

Lo dejo en el caballo, en esa hora
crepuscular en que buscó la muerte;
que de todas las horas de su suerte
ésta perdure, amarga y vencedora.
Avanza por el campo la blancura
del caballo y del poncho. La paciente
muerte acecha en los rifles. Tristemente
Francisco Borges va por la llanura.
Esto que lo cercaba, la metralla,
esto que ve, la pampa desmedida,
es lo que vio y oyó toda la vida.
Está en lo cotidiano, en la batalla.
Alto lo dejo en su épico universo
y casi no tocado por el verso.

junín

Soy, pero soy también el otro, el muerto,
el otro de mi sangre y de mi nombre;
soy un vago señor y soy el hombre
que detuvo las lanzas del desierto.
Vuelvo a Junín, donde no estuve nunca,
a tu Junín, abuelo Borges. ¿Me oyes,
sombra o ceniza última, o desoyes
en tu sueño de bronce esta voz trunca?
Acaso buscas por mis vanos ojos
el épico Junín de tus soldados,
el árbol que plantaste, los cercados
y en el confín la tribu y los despojos.
Te imagino severo, un poco triste.
Quién me dirá cómo eras y quién fuiste.

Junín, 1966

el mar

Antes que el sueño (o el terror) tejiera
mitologías y cosmogonías,
antes que el tiempo se acuñara en días,
el mar, el siempre mar, ya estaba y era.
¿Quién es el mar? ¿Quién es aquel violento
y antiguo ser que roe los pilares
de la tierra y es uno y muchos mares
y abismo y resplandor y azar y viento?
Quien lo mira lo ve por vez primera,
siempre. Con el asombro que las cosas
elementales dejan, las hermosas
tardes, la luna, el fuego de una hoguera.
¿Quién es el mar, quién soy? Lo sabré el día
ulterior que sucede a la agonía.

el laberinto

Zeus no podría desatar las redes
de piedra que me cercan. He olvidado
los hombres que antes fui; sigo el odiado
camino de monótonas paredes
que es mi destino. Rectas galerías
que se curvan en círculos secretos
al cabo de los años. Parapetos
que ha agrietado la usura de los días.
En el pálido polvo he descifrado
rastros que temo. El aire me ha traído
en las cóncavas tardes un bramido
o el eco de un bramido desolado.
Sé que en la sombra hay Otro, cuya suerte
es fatigar las largas soledades
que tejen y destejen este Hades
y ansiar mi sangre y devorar mi muerte.
Nos buscamos los dos. Ojalá fuera
éste el último día de la espera.

laberinto

No habrá nunca una puerta. Estás adentro
Y el alcázar abarca el universo
Y no tiene ni anverso ni reverso
Ni externo muro ni secreto centro.
No esperes que el rigor de tu camino
Que tercamente se bifurca en otro,
Tendrá fin. Es de hierro tu destino
Como tu juez. No aguardes la embestida
Del toro que es un hombre y cuya extraña
Forma plural da horror a la maraña
De interminable piedra entretejida.
No existe. Nada esperes. Ni siquiera
En el negro crepúsculo la fiera.

a un poeta sajón

Tú cuya carne, hoy dispersión y polvo,
pesó como la nuestra sobre la tierra,
tú cuyos ojos vieron el sol, esa famosa estrella,
tú que viviste no en el rígido ayer
sino en el incesante presente,
en el último punto y ápice vertiginoso del tiempo,
tú que en tu monasterio fuiste llamado
por la antigua voz de la épica,
tú que tejiste las palabras,
tú que cantaste la victoria de Brunanburh
y no la atribuiste al Señor
sino a la espada de tu rey,
tú que con júbilo feroz cantaste,
la humillación del viking,
el festín del cuervo y del águila,
tú que en la oda militar congregaste
las rituales metáforas de la estirpe,
tú que en un tiempo sin historia
viste en el ahora el ayer
y en el sudor y sangre de Brunanburh
un cristal de antiguas auroras,

tú que tanto querías a tu Inglaterra
y no la nombraste,
hoy no eres otra cosa que unas palabras
que los germanistas anotan.
Hoy no eres otra cosa que mi voz
cuando revive tus palabras de hierro.

Pido a mis dioses o a la suma del tiempo
que mis días merezcan el olvido,
que mi nombre sea Nadie como el de Ulises,
pero que algún verso perdure
en la noche propicia a la memoria
o en las mañanas de los hombres.

jonathan edwards
(1703-1758)

Lejos de la ciudad, lejos del foro
clamoroso y del tiempo, que es mudanza,
Edwards, eterno ya, sueña y avanza
a la sombra de árboles de oro.
Hoy es mañana y es ayer. No hay una
cosa de Dios en el sereno ambiente
que no lo exalte misteriosamente,
el oro de la tarde o de la luna.
Piensa feliz que el mundo es un eterno
instrumento de ira y que el ansiado
cielo para unos pocos fue creado
y casi para todos el infierno.
En el centro puntual de la maraña
hay otro prisionero, Dios, la Araña.

emerson

Ese alto caballero americano
cierra el volumen de Montaigne y sale
en busca de otro goce que no vale
menos, la tarde que ya exalta el llano.
Hacia el hondo poniente y su declive,
hacia el confín que ese poniente dora,
camina por los campos como ahora
por la memoria de quien esto escribe.
Piensa: Leí los libros esenciales
y otros compuse que el oscuro olvido
no ha de borrar. Un dios me ha concedido
lo que es dado saber a los mortales.
Por todo el continente anda mi nombre;
no he vivido. Quisiera ser otro hombre.

un soldado de lee
(1862)

Lo ha alcanzado una bala en la ribera
de una clara corriente cuyo nombre
ignora. Cae de boca. (Es verdadera
la historia y más de un hombre fue aquel hombre.)
El aire de oro mueve las ociosas
hojas de los pinares. La paciente
hormiga escala el rostro indiferente.
Sube el sol. Ya han cambiado muchas cosas
y cambiarán sin término hasta cierto
día del porvenir en que te canto
a ti que, sin la dádiva del llanto,
caíste como un hombre muerto.
No hay un mármol que guarde tu memoria;
seis pies de tierra son tu oscura gloria.

camden, 1892

El olor del café y de los periódicos.
El domingo y su tedio. La mañana
y en la entrevista página esa vana
publicación de versos alegóricos
de un colega feliz. El hombre viejo
está postrado y blanco en su decente
habitación de pobre. Ociosamente
mira su cara en el cansado espejo.
Piensa, ya sin asombro, que esa cara
es él. La distraída mano toca
la turbia barba y la saqueada boca.
No está lejos el fin. Su voz declara:
Casi no soy, pero mis versos ritman
la vida y su esplendor. Yo fui Walt Whitman.

parís, 1856

La larga postración lo ha acostumbrado
a anticipar la muerte. Le daría
miedo salir al clamoroso día
y andar entre los hombres. Derribado,
Enrique Heine piensa en aquel río,
el tiempo, que lo aleja lentamente
de esa larga penumbra y del doliente
destino de ser hombre y ser judío.
Piensa en las delicadas melodías
cuyo instrumento fue, pero bien sabe
que el trino no es del árbol ni del ave
sino del tiempo y de sus vagos días.
No han de salvarte, no, tus ruiseñores,
tus noches de oro y tus cantadas flores.

el golem

Si (como el griego afirma en el Cratilo)
el nombre es arquetipo de la cosa,
en las letras de *rosa* está la rosa
y todo el Nilo en la palabra *Nilo.*

Y, hecho de consonantes y vocales,
habrá un terrible Nombre, que la esencia
cifre de Dios y que la Omnipotencia
guarde en letras y sílabas cabales.

Adán y las estrellas lo supieron
en el Jardín. La herrumbre del pecado
(dicen los cabalistas) lo ha borrado
y las generaciones lo perdieron.

Los artificios y el candor del hombre
no tienen fin. Sabemos que hubo un día
en que el pueblo de Dios buscaba el Nombre
en las vigilias de la judería.

No a la manera de otras que una vaga
sombra insinúan en la vaga historia,
aún está verde y viva la memoria
de Judá León, que era rabino en Praga.

Sediento de saber lo que Dios sabe,
Judá León se dio a permutaciones
de letras y a complejas variaciones
y al fin pronunció el Nombre que es la Clave,

la Puerta, el Eco, el Huésped y el Palacio,
sobre un muñeco que con torpes manos
labró, para enseñarle los arcanos
de las Letras, del Tiempo y del Espacio.

El simulacro alzó los soñolientos
párpados y vio formas y colores
que no entendió, perdidos en rumores
y ensayó temerosos movimientos.

Gradualmente se vio (como nosotros)
aprisionado en esta red sonora
de Antes, Después, Ayer, Mientras, Ahora,
Derecha, Izquierda, Yo, Tú, Aquellos, Otros.

(El cabalista que ofició de numen
a la vasta criatura apodó Golem;
estas verdades las refiere Scholem
en un docto lugar de su volumen.)

El rabí le explicaba el universo
Esto es mi pie; esto el tuyo; esto la soga
y logró, al cabo de años, que el perverso
barriera bien o mal la sinagoga.

Tal vez hubo un error en la grafía
o en la articulación del Sacro Nombre;
a pesar de tan alta hechicería,
no aprendió a hablar el aprendiz de hombre.

Sus ojos, menos de hombre que de perro
y harto menos de perro que de cosa,
seguían al rabí por la dudosa
penumbra de las piezas del encierro.

Algo anormal y tosco hubo en el Golem,
ya que a su paso el gato del rabino
se escondía. (Ese gato no está en Scholem
pero, a través del tiempo, lo adivino.)

Elevando a su Dios manos filiales,
las devociones de su Dios copiaba
o, estúpido y sonriente, se ahuecaba
en cóncavas zalemas orientales.

El rabí lo miraba con ternura
y con algún horror. *¿Cómo* (se dijo)
pude engendrar este penoso hijo
y la inacción dejé, que es la cordura?

¿Por qué di en agregar a la infinita
serie un símbolo más? ¿Por qué a la vana
madeja que en lo eterno se devana,
di otra causa, otro efecto y otra cuita?

En la hora de angustia y de luz vaga,
en su Golem los ojos detenía.
¿Quién nos dirá las cosas que sentía
Dios, al mirar a su rabino en Praga?

1958

spinoza

Las traslúcidas manos del judío
labran en la penumbra los cristales
y la tarde que muere es miedo y frío.
(Las tardes a las tardes son iguales.)

Las manos y el espacio de jacinto
que palidece en el confín del Ghetto
casi no existen para el hombre quieto
que está soñando un claro laberinto.

No lo turba la fama, ese reflejo
de sueños en el sueño de otro espejo,
ni el temeroso amor de las doncellas.

Libre de la metáfora y del mito
labra un arduo cristal: el infinito
mapa de Aquel que es todas Sus estrellas.

límites

De estas calles que ahondan el poniente,
una habrá (no sé cuál) que he recorrido
ya por última vez, indiferente
y sin adivinarlo, sometido

a Quien prefija omnipotentes normas
y una secreta y rígida medida
a las sombras, los sueños y las formas
que destejen y tejen esta vida.

Si para todo hay término y hay tasa
y última vez y nunca más y olvido
¿quién nos dirá de quién, en esta casa,
sin saberlo, nos hemos despedido?

Tras el cristal ya gris la noche cesa
y del alto de libros que una trunca
sombra dilata por la vaga mesa,
alguno habrá que no leeremos nunca.

Hay en el Sur más de un portón gastado
con sus jarrones de mampostería
y tunas, que a mi paso está vedado
como si fuera una litografía.

Para siempre cerraste alguna puerta
y hay un espejo que te aguarda en vano;
la encrucijada te parece abierta
y la vigila, cuadrifronte, Jano.

Hay, entre todas tus memorias, una
que se ha perdido irreparablemente;
no te verán bajar a aquella fuente
ni el blanco sol ni la amarilla luna.

No volverá tu voz a lo que el persa
dijo en su lengua de aves y de rosas,
cuando al ocaso, ante la luz dispersa,
quieras decir inolvidables cosas.

¿Y el incesante Ródano y el lago,
todo ese ayer sobre el cual hoy me inclino?
Tan perdido estará como Cartago
que con fuego y con sal borró el latino.

Creo en el alba oír un atareado
rumor de multitudes que se alejan;
son lo que me ha querido y olvidado;
espacio y tiempo y Borges ya me dejan.

otro poema de los dones

Gracias quiero dar al divino
laberinto de los efectos y de las causas
por la diversidad de las criaturas
que forman este singular universo,
por la razón, que no cesará de soñar
con un plano del laberinto,
por el rostro de Elena y la perseverancia de Ulises,
por el amor, que nos deja ver a los otros
como los ve la divinidad,
por el firme diamante y el agua suelta,
por el álgebra, palacio de precisos cristales,
por las místicas monedas de Ángel Silesio,
por Schopenhauer,
que acaso descifró el universo,
por el fulgor del fuego
que ningún ser humano puede mirar sin un asombro antiguo,
por la caoba, el cedro y el sándalo,
por el pan y la sal,
por el misterio de la rosa
que prodiga color y que no lo ve,
por ciertas vísperas y días de 1955,

por los duros troperos que en la llanura
arrean los animales y el alba,
por la mañana en Montevideo,
por el arte de la amistad,
por el último día de Sócrates,
por las palabras que en un crepúsculo se dijeron
de una cruz a otra cruz,
por aquel sueño del Islam que abarcó
Mil noches y una noche,
por aquel otro sueño del infierno,
de la torre del fuego que purifica
y de las esferas gloriosas,
por Swedenborg,
que conversaba con los ángeles en las calles de Londres,
por los ríos secretos e inmemoriales
que convergen en mí,
por el idioma que, hace siglos, hablé en Nortumbria,
por la espada y el arpa de los sajones,
por el mar, que es un desierto resplandeciente
y una cifra de cosas que no sabemos,
por la música verbal de Inglaterra,
por la música verbal de Alemania,
por el oro, que relumbra en los versos,
por el épico invierno,
por el nombre de un libro que no he leído: *Gesta Dei per Francos*,
por Verlaine, inocente como los pájaros,
por el prisma de cristal y la pesa de bronce,
por las rayas del tigre,
por las altas torres de San Francisco y de la isla de Manhattan,
por la mañana en Texas,

por aquel sevillano que redactó la Epístola Moral
y cuyo nombre, como él hubiera preferido, ignoramos,
por Séneca y Lucano, de Córdoba,
que antes del español escribieron
toda la literatura española,
por el geométrico y bizarro ajedrez,
por la tortuga de Zenón y el mapa de Royce,
por el olor medicinal de los eucaliptos,
por el lenguaje, que puede simular la sabiduría,
por el olvido, que anula o modifica el pasado,
por la costumbre,
que nos repite y nos confirma como un espejo,
por la mañana, que nos depara la ilusión de un principio,
por la noche, su tiniebla y su astronomía,
por el valor y la felicidad de los otros,
por la patria, sentida en los jazmines
o en una vieja espada,
por Whitman y Francisco de Asís, que ya escribieron
el poema,
por el hecho de que el poema es inagotable
y se confunde con la suma de las criaturas
y no llegará jamás al último verso
y varía según los hombres,
por Frances Haslam, que pidió perdón a sus hijos
por morir tan despacio,
por los minutos que preceden al sueño,
por el sueño y la muerte,
esos dos tesoros ocultos,
por los íntimos dones que no enumero,
por la música, misteriosa forma del tiempo.

el instante

¿Dónde estarán los siglos, dónde el sueño
de espadas que los tártaros soñaron,
dónde los fuertes muros que allanaron,
dónde el Árbol de Adán y el otro Leño?
El presente está solo. La memoria
erige el tiempo. Sucesión y engaño
es la rutina del reloj. El año
no es menos vano que la vana historia.
Entre el alba y la noche hay un abismo
de agonías, de luces, de cuidados;
el rostro que se mira en los gastados
espejos de la noche no es el mismo.
El hoy fugaz es tenue y es eterno;
otro Cielo no esperes, ni otro Infierno.

edipo y el enigma

Cuadrúpedo en la aurora, alto en el día
y con tres pies errando por el vano
ámbito de la tarde, así veía
la eterna esfinge a su inconstante hermano,

el hombre, y con la tarde un hombre vino
que descifró aterrado en el espejo
de la monstruosa imagen, el reflejo
de su declinación y su destino.

Somos Edipo y de un eterno modo
la larga y triple bestia somos, todo
lo que seremos y lo que hemos sido.

Nos aniquilaría ver la ingente
forma de nuestro ser; piadosamente
Dios nos depara sucesión y olvido.

adrogué

Nadie en la noche indescifrable tema
que yo me pierda entre las negras flores
del parque, donde tejen su sistema
propicio a los nostálgicos amores

o al ocio de las tardes, la secreta
ave que siempre un mismo canto afina,
el agua circular y la glorieta,
la vaga estatua y la dudosa ruina.

Hueca en la hueca sombra, la cochera
marca (lo sé) los trémulos confines
de este mundo de polvo y de jazmines,
grato a Verlaine y grato a Julio Herrera.

Su olor medicinal dan a la sombra
los eucaliptos: ese olor antiguo
que, más allá del tiempo y del ambiguo
lenguaje, el tiempo de las quintas nombra.

Mi paso busca y halla el esperado
umbral. Su oscuro borde la azotea
define y en el patio ajedrezado
la canilla periódica gotea.

Duermen del otro lado de las puertas
aquellos que por obra de los sueños
son en la sombra visionaria dueños
del vasto ayer y de las cosas muertas.

Cada objeto conozco de este viejo
edificio: las láminas de mica
sobre esa piedra gris que se duplica
continuamente en el borroso espejo

y la cabeza de león que muerde
una argolla y los vidrios de colores
que revelan al niño los primores
de un mundo rojo y de otro mundo verde.

Más allá del azar y de la muerte
duran, y cada cual tiene su historia,
pero todo esto ocurre en esa suerte
de cuarta dimensión, que es la memoria.

En ella y sólo en ella están ahora
los patios y jardines. El pasado
los guarda en ese círculo vedado
que a un tiempo abarca el véspero y la aurora.

¿Cómo pude perder aquel preciso
orden de humildes y queridas cosas,
inaccesibles hoy como las rosas
que dio al primer Adán el Paraíso?

El antiguo estupor de la elegía
me abruma cuando pienso en esa casa
y no comprendo cómo el tiempo pasa,
yo, que soy tiempo y sangre y agonía.

el forastero

Despachadas las cartas y el telegrama,
camina por las calles indefinidas
y advierte leves diferencias que no le importan
y piensa en Aberdeen o en Leyden,
más vívidas para él que este laberinto
de líneas rectas, no de complejidad,
donde lo lleva el tiempo de un hombre
cuya verdadera vida está lejos.
En una habitación numerada
se afeitará después ante un espejo
que no volverá a reflejarlo
y le parecerá que ese rostro
es más inescrutable y más firme
que el alma que lo habita
y que a lo largo de los años lo labra.
Se cruzará contigo en una calle
y acaso notarás que es alto y gris
y que mira las cosas.
Una mujer indiferente
le ofrecerá la tarde y lo que pasa

del otro lado de unas puertas. El hombre
piensa que olvidará su cara y recordará,
años después, cerca del Mar del Norte,
la persiana o la lámpara.
Esa noche, sus ojos contemplarán
en un rectángulo de formas que fueron,
al jinete y su épica llanura,
porque el Far West abarca el planeta
y se espeja en los sueños de los hombres
que nunca lo han pisado.
En la numerosa penumbra, el desconocido
se creerá en su ciudad
y lo sorprenderá salir a otra,
de otro lenguaje y de otro cielo.

Antes de la agonía,
el infierno y la gloria nos están dados;
andan ahora por esta ciudad, Buenos Aires,
que para el forastero de mi sueño
(el forastero que yo he sido bajo otros astros)
es una serie de imprecisas imágenes
hechas para el olvido.

everness

Sólo una cosa no hay. Es el olvido.
Dios, que salva el metal, salva la escoria
y cifra en Su profética memoria
las lunas que serán y las que han sido.

Ya todo está. Los miles de reflejos
que entre los dos crepúsculos del día
tu rostro fue dejando en los espejos
y los que irá dejando todavía.

Y todo es una parte del diverso
cristal de esa memoria, el universo;
no tienen fin sus arduos corredores

y las puertas se cierran a tu paso;
sólo del otro lado del ocaso
verás los Arquetipos y Esplendores.

ewigkeit

Torne en mi boca el verso castellano
a decir lo que siempre está diciendo
desde el latín de Séneca: el horrendo
dictamen de que todo es del gusano.
Torne a cantar la pálida ceniza,
los fastos de la muerte y la victoria
de esa reina retórica que pisa
los estandartes de la vanagloria.
No así. Lo que mi barro ha bendecido
no lo voy a negar como un cobarde.
Sé que una cosa no hay. Es el olvido;
sé que en la eternidad perdura y arde
lo mucho y lo precioso que he perdido:
esa fragua, esa luna y esa tarde.

las cosas

El bastón, las monedas, el llavero,
La dócil cerradura, las tardías
Notas que no leerán los pocos días
Que me quedan, los naipes y el tablero,
Un libro y en sus páginas la ajada
Violeta, monumento de una tarde
Sin duda inolvidable y ya olvidada,
El rojo espejo occidental en que arde
Una ilusoria aurora. ¡Cuántas cosas,
Limas, umbrales, atlas, copas, clavos,
Nos sirven como tácitos esclavos,
Ciegas y extrañamente sigilosas!
Durarán más allá de nuestro olvido;
No sabrán nunca que nos hemos ido.

adam cast forth

¿Hubo un Jardín o fue el Jardín un sueño?
Lento en la vaga luz, me he preguntado,
casi como un consuelo, si el pasado
de que este Adán, hoy mísero, era dueño,

no fue sino una mágica impostura
de aquel Dios que soñé. Ya es impreciso
en la memoria el claro Paraíso,
pero yo sé que existe y que perdura,

aunque no para mí. La terca tierra
es mi castigo y la incestuosa guerra
de Caínes y Abeles y su cría.

Y, sin embargo, es mucho haber amado,
haber sido feliz, haber tocado
el viviente Jardín, siquiera un día.

a una moneda

Fría y tormentosa la noche que zarpé de Montevideo.
Al doblar el Cerro,
tiré desde la cubierta más alta
una moneda que brilló y se anegó en las aguas barrosas,
una cosa de luz que arrebataron el tiempo y la tiniebla.
Tuve la sensación de haber cometido un acto irrevocable,
de agregar a la historia del planeta
dos series incesantes, paralelas, quizá infinitas:
mi destino, hecho de zozobra, de amor y de vanas
vicisitudes,
y el de aquel disco de metal
que las aguas darían al blando abismo
o a los remotos mares que aún roen
despojos del sajón y del fenicio.
A cada instante de mi sueño o de mi vigilia
corresponde otro de la ciega moneda.
A veces he sentido remordimiento
y otras envidia,
de ti que estás, como nosotros, en el tiempo y su laberinto
y que no lo sabes.

new england, 1967

Han cambiado las formas de mi sueño;
ahora son laterales casas rojas
y el delicado bronce de las hojas
y el casto invierno y el piadoso leño.
Como en el día séptimo, la tierra
es buena. En los crepúsculos persiste
algo que casi no es, osado y triste,
un antiguo rumor de Biblia y guerra.
Pronto (nos dicen) llegará la nieve
y América me espera en cada esquina,
pero siento en la tarde que declina
el hoy tan lento y el ayer tan breve.
Buenos Aires, yo sigo caminando
por tus esquinas, sin por qué ni cuándo.

Cambridge, 1967

james joyce

En un día del hombre están los días
del tiempo, desde aquel inconcebible
día inicial del tiempo, en que un terrible
Dios prefijó los días y agonías
hasta aquel otro en que el ubicuo río
del tiempo terrenal torne a su fuente,
que es lo Eterno, y se apague en el presente,
el futuro, el ayer, lo que ahora es mío.
Entre el alba y la noche está la historia
universal. Desde la noche veo
a mis pies los caminos del hebreo,
Cartago aniquilada, Infierno y Gloria.
Dame, Señor, coraje y alegría
para escalar la cumbre de este día.

Cambridge, 1968

heráclito

El segundo crepúsculo.
La noche que se ahonda en el sueño.
La purificación y el olvido.
El primer crepúsculo.
La mañana que ha sido el alba.
El día que fue la mañana.
El día numeroso que será la tarde gastada.
El segundo crepúsculo.
Ese otro hábito del tiempo, la noche.
La purificación y el olvido.
El primer crepúsculo...
El alba sigilosa y en el alba
la zozobra del griego.
¿Qué trama es ésta
del será, del es y del fue?
¿Qué río es éste
por el cual corre el Ganges?
¿Qué río es éste cuya fuente es inconcebible?
¿Qué río es éste
que arrastra mitologías y espadas?
Es inútil que duerma.

Corre en el sueño, en el desierto, en un sótano.
El río me arrebata y soy ese río.
De una materia deleznable fui hecho, de misterioso tiempo.
Acaso el manantial está en mí.
Acaso de mi sombra
surgen, fatales e ilusorios, los días.

milonga de dos hermanos

Traiga cuentos la guitarra
de cuando el fierro brillaba,
cuentos de truco y de taba,
de cuadreras y de copas,
cuentos de la Costa Brava
y el Camino de las Tropas.

Venga una historia de ayer
que apreciarán los más lerdos;
el destino no hace acuerdos
y nadie se lo reproche —
ya estoy viendo que esta noche
vienen del Sur los recuerdos.

Velay, señores, la historia
de los hermanos Iberra,
hombres de amor y de guerra
y en el peligro primeros,
la flor de los cuchilleros
y ahora los tapa la tierra.

Suelen al hombre perder
la soberbia o la codicia;
también el coraje envicia
a quien de la noche y día —
el que era menor debía
más muertes a la justicia.

Cuando Juan Iberra vio
que el menor lo aventajaba,
la paciencia se le acaba
y le armó no sé qué lazo —
le dio muerte de un balazo,
allá por la Costa Brava.

Así de manera fiel
conté la historia hasta el fin;
es la historia de Caín
que sigue matando a Abel.

milonga de jacinto chiclana

Me acuerdo. Fue en la Balvanera,
en una noche lejana;
que alguien dejó caer el nombre
de un tal Jacinto Chiclana.

Algo se dijo también
de una esquina y de un cuchillo;
los años nos dejan ver
el entrevero y el brillo.

Quién sabe por qué razón
me anda buscando ese nombre;
me gustaría saber
cómo habrá sido aquel hombre.

Alto lo veo y cabal,
con el alma comedida,
capaz de nos alzar la voz
y de jugarse la vida.

Nadie con paso más firme
habrá pisado la tierra;
nadie habrá habido como él
en el amor y en la guerra.

Sobre la huerta y el patio
las torres de Balvanera
y aquella muerte casual
en una esquina cualquiera.

No veo los rasgos. Veo,
bajo el farol amarillo,
el choque de hombres o sombras
y esa víbora, el cuchillo.

Acaso en aquel momento
en que le entraba la herida,
pensó que a un varón le cuadra
no demorar la partida.

Sólo Dios puede saber
la laya fiel de aquel hombre;
señores, yo estoy cantando
lo que se cifra en el nombre.

Entra las cosas hay una
de la que no se arrepiente
nadie en la tierra. Esa cosa
es haber sido valiente.

Siempre el coraje es mejor,
la esperanza nunca es vana;
vaya pues esta milonga
para Jacinto Chiclana.

los compadritos muertos

Siguen apuntalando la recova
del Paseo de Julio, sombras vanas
en eterno altercado con hermanas
sombras o con el hambre, esa otra loba.
Cuando el último sol es amarillo
en la frontera de los arrabales,
vuelven a su crepúsculo, fatales
y muertos, a su puta y su cuchillo.
Perduran en apócrifas historias,
en un modo de andar, en el rasguido
de una cuerda, en un rostro, en un silbido,
en pobres cosas y en oscuras glorias.
En el íntimo patio de la parra
cuando la mano templa la guitarra.

fontes

Os textos incluídos nesta antologia foram extraídos
dos livros abaixo, todos publicados pela Companhia das Letras:

PRIMEIRA POESIA — caderno san martín, 1929
[tradução de josely vianna baptista]

a noite em que no sul o velaram
fundação mítica de buenos aires

EVARISTO CARRIEGO, 1930
[no prelo, tradução de heloisa jahn]

o punhal

HISTÓRIA UNIVERSAL DA INFÂMIA, 1935
[tradução de davi arrigucci jr.]

homem da esquina rosada

HISTÓRIA DA ETERNIDADE, 1936
[tradução de heloisa jahn]

a aproximação a almotásim (parte de "duas notas")

FICÇÕES, 1944
[tradução de davi arrigucci jr.]

o jardim de veredas que se bifurcam
tema do traidor e do herói
o fim
tlön, uqbar, orbis tertius

O ALEPH, 1949
[tradução de davi arrigucci jr.]

a outra morte
o imortal
a escrita do deus
emma zunz

OUTRAS INQUISIÇÕES, 1952
[tradução de davi arrigucci jr.]

a esfera de pascal
a flor de coleridge
o sonho de coleridge
nathaniel hawthorne
a muralha e os livros
sobre oscar wilde
sobre chesterton
o espelho dos enigmas
das alegorias aos romances
sobre os clássicos

O FAZEDOR, 1960
[tradução de josely vianna baptista]

xadrez
o relógio de areia
alusão à morte do coronel francisco borges (1833-74)
adrogué
a testemunha
uma rosa amarela
o cativo
a leopoldo lugones

O OUTRO, O MESMO, 1964
[tradução de heloisa jahn]

o mar
limites
junín
a um poeta saxão
jonathan edwards (1703-1758)
emerson
um soldado de lee (1862)
camden, 1892
paris, 1856
o golem
espinosa
outro poema dos dons
o instante

édipo e o enigma
o forasteiro
everness
ewigkeit
adam cast forth
a uma moeda
os compadritos mortos

PARA AS SEIS CORDAS, 1965
[no prelo, tradução de heloisa jahn]

milonga de dois irmãos
milonga de jacinto chiclana

ELOGIO DA SOMBRA, 1969
[publicado em POESIA,
tradução de josely vianna baptista]

o labirinto
labirinto
as coisas
new england, 1967
james joyce
heráclito
the unending gift

O INFORME DE BRODIE, 1970
[tradução de davi arrigucci jr.]

a intrusa

O OURO DOS TIGRES, 1972
[publicado em POESIA,
tradução de josely vianna baptista]

episódio do inimigo

jorge Francisco Isidoro luis borges Acevedo nasceu em Buenos Aires, em 24 de agosto de 1899, e faleceu em Genebra, em 14 de junho de 1986. Antes de falar espanhol, aprendeu com a avó paterna a língua inglesa, idioma em que fez suas primeiras leituras. Em 1914 foi com a família para a Suíça, onde completou os estudos secundários. Em 1919, nova mudança — agora para a Espanha. Lá, ligou-se ao movimento de vanguarda literária do ultraísmo. De volta à Argentina, publicou três livros de poesia na década de 1920 e, a partir da década seguinte, os contos que lhe dariam fama universal, quase sempre na revista *Sur*, que também editaria seus livros de ficção. Funcionário da Biblioteca Municipal Miguel Cané a partir de 1937, dela foi afastado em 1946 por Perón. Em 1955 seria nomeado diretor da Biblioteca Nacional. Em 1956, quando passou a lecionar literatura inglesa e americana na Universidade de Buenos Aires, os oftalmologistas já o tinham proibido de ler e escrever. Era a cegueira, que se instalava como um lento crepúsculo. Seu imenso reconhecimento internacional começou em 1961, quando recebeu, junto com Samuel Beckett, o prêmio Formentor dos International Publishers — o primeiro de uma longa série.

Esta obra foi composta em
Walbaum por warrakloureiro
e impressa em ofsete pela
RR Donnelley sobre papel
Pólen Bold da Suzano Papel
e Celulose para a Editora Schwarcz
em abril de 2013